EL MIEDO DE PERDER A EURÍDICE

NUEVA NARRATIVA HISPÁNICA

JOAQUÍN MORTIZ • MÉXICO

JULIETA CAMPOS

El miedo de perder
a Eurídice

Primera edición, abril de 1979
D.R. © Editorial Joaquín Mortiz, S. A.
Tabasco 106, México 7, D. F.

ISBN 968-27-0076-0

En el principio fue el deseo. El deseo engendró al Verbo, que engendró a la pareja, que engendró a la Isla. La Isla fue el paraíso. La Isla fue habitada por la pareja, no por Robinson y Viernes sino por Adán y Eva. La Isla se remonta, pues, a la noche de los tiempos. No existía, pero Dios la inventó para que los hombres pudieran soñarla y, al soñarla, creyeran que se trataba de un recuerdo. Surgió del caos como un milagro, como la palabra emerge del silencio. Fue creada para el placer de Dios y para su mayor gloria: era la medida de su deseo. La cubrió de yerba mullida y de flores diminutas, de tréboles y de espliego. En el medio puso un gran árbol, con frutos color granate, que en seguida se llenó de pajarillos y de cantos. Le dio, por fauna, un león y un unicornio. La serpiente, dicen, apareció súbitamente y era hermosa y luciferina, lo que significa que de ella irradiaba luz, como irradian las estrellas desde el fondo de la noche. La serpiente no entraba en los cálculos de Dios. Con ella penetró en el paraíso una seducción nocturna y la Isla, espacio de utopía, devino espacio de poesía. Vestida emblemáticamente por su doble naturaleza incide, en el momento menos pensado, en todo discurso amoroso.

En memoria de Nadja
y de Charles Fourier,
para Octavio Paz

Los fantasmas ardientes de las islas afortunadas ya no se nos aparecen.

ALBERT CAMUS, *El verano*

¿Qué hiciste de las islas venturosas,
hijas de los prodigios y de las noches?

ELISEO DIEGO, *Denostación al Mar Caribe*

YO voy a contar una historia:

Éranse una vez, un hombre y una mujer. El hombre y la mujer soñaban. El hombre y la mujer se habían soñado y al soñarse se habían inventado.

Voy a contar, pues, la historia de un sueño:

Érase una vez una pareja: la pareja ideal, la pareja perfecta, la pareja arquetípica, la que reuniría en su doble rostro los rasgos de todos los amantes de la historia, de los que hubieran podido amarse, de los que han imaginado los poetas y de los que no han sido imaginados todavía. Eran (serían) a un tiempo Abelardo y Eloísa, Venus y Tannhauser, Hamlet y Ofelia, Agatha y Ulrich, Salomón y la Sulamita, el Cónsul e Ivonne, Dafnis y Chloe, Percy y Mary Shelley, el narrador y Albertine, Yocasta y Edipo, Hans Castorp y Clawdia Chauchat, Pigmaleón y Galatea, Otelo y Desdémona, Penélope y Ulises, Baudelaire y Jeanne Duval, Laura y Petrarca, Humbert Humbert y Lolita, Elizabeth Barret y Robert Browning, Alonso Quijano y Dulcinea, Leda y el Cisne, Adán y Eva, Wagner y Cósima, Pélléas y Mélisande, Cleopatra y Marco Antonio, Calixto y Melibea, Fausto y Margarita, Orfeo y Eurídice, Romeo y Julieta, Heathcliff y Cathy, Tristán e Isolda, Rilke y Lou Andréas Salomé, Jasón y Medea, Miranda y Fernando, Kafka y Milena, Electra y Agamenón, Don Juan y Tisbea, Von Aschenbach y Tadzio, Poe y Annabel Lee, Borges y Matilde Urbach. Cuando se levanta el telón se besan apasionadamente, en medio de un parque húmedo y sombreado, bajo los pinos.

¿No es, acaso, el inicio ideal de cualquier historia de amor? Sin olvidar que hay allí también un unicornio, un árbol cargado de frutos color granate y un gran anuncio lumínico que pende sobre ambos y que se lee así: À MON SEUL DÉSIR. Si observamos con cuidado advertiremos que el parque está rodeado de agua por todas partes, es decir, que se trata de una isla. La historia podrá comenzar en cualquier momento.

En la isla de Lesbos, mientras cazaba en un bosque consagrado a las ninfas, vi la más bella cosa que haya visto en mi vida... una historia de amor...

Longo, *Dafnis y Chloe*

La historia podría comenzar en cualquier momento. Acaso así:

La isla surgió al mismo tiempo en la fantasía de ambos que, irreflexivamente, decidieron en ese instante convertirla en el espacio de su amor. Fue desde entonces el lugar del encuentro soñado y el lugar soñado del encuentro.

...las ínsulas extrañas
...el silbo de los aires amorosos...

San Juan de la Cruz

O bien:

Fue entonces cuando la isla empezó a brotar dulcemente del mar como una Venus con los pies mojados por las ondas. Engendrada en una noche tormentosa, nació predestinada. Sería ingenuo evocar una aurora: la creación es un misterio y el paisaje de los misterios es familiar de las tinieblas. La noche, pues, tiene que ser dicha: los relámpagos empezaron a iluminar la entrada de la bahía alrededor de las once y, en esos destellos súbitos, el paisaje reveló una intimidad que el día había disimulado. Después llovió. Las luces del puerto temblaron ligeramente y, en la bocana, el barco blanco profusamente encendido se fue volviendo un buque fantasma: el mismo, acaso, que Magritte habría pintado en 1950 y al que

13

llamaría *El Seductor*; el faro lanzó con insistencia una señal luminosa que él y ella, propensos de repente a la credulidad, descifrarían como un vaticinio; el viento estremeció las copas de los mangos, cimbró los hules y silbó con cierta fiereza entre los penachos de las palmeras. Los cipreses y los acantos brotaron al unísono y la isla se volvió un islote del Mar Egeo, aunque las islas del Mar Egeo, las verdaderas islas del Mar Egeo, son despojadas y austeras, casi inhóspitas. Desde lejos, fue un navío detenido o un pez gigantesco, medio a flote y medio sumergido.

El sueño de él y el sueño de ella coinciden en más de un punto, de tal modo que resulta difícil determinar cuándo es él quien sueña y cuándo es ella. Todavía no sé si se aman porque sueñan o si sueñan porque se aman. Contarlos y contar la historia de su sueño será, sospecho, la única manera de descubrirlo:

Cuando se encontraron por la tarde llovía. Llovía, al menos, en el rincón del parque que les había sido reservado. Es probable que sólo lloviera en ese rincón del parque. Un extraño resplandor verdoso se posó sobre Central Park aquella tarde de octubre, una luz irreal.

Era, por cierto, el Parque Central pero también el Englischer Garten y el jardín que rodea al Schloss Nymphenburg (ambos, en Munich, intercambiables) donde las hortensias florecen en mayo y en junio, pero no en octubre, y el bosque de Palermo donde, precisamente en octubre, los jacarandás exhiben su espléndida languidez azulada. Era un parque de New Orleans, donde proliferan azaleas entre robles cargados de un musgo que se alimenta exclusivamente del aire y un pequeño jardín de Rodas donde míticos delfines juegan con serpientes en la humedad verde de jazmines, acantos, cipreses y rosales. El parque donde estaban que era, por supuesto, el Bosque de Chapultepec en algún sitio cercano al lago, tenía aquella tarde la humedad melancólica, esa impregnación nostálgica, de los ámbitos donde se ha pretendido, con mayor o menor fortuna, reproducir el Paraíso. Gruesas gotas de lluvia licuaron el aire hasta que todo se saturó alrededor de ellos y la banca flotó en el agua y los pies de ambos quedaron dentro del agua y sus manos se acercaron mientras se miraban y se descubrían idénticos, como un espejo frente a otro espejo. Todas las hojas se desprendieron a un

Es una tarde de otoño y el cielo brilla despejado. ¡Mirad qué abundancia nos rodea! Desde esta abundancia es grato mirar a los mares lejanos.

Nietzsche, *Así habló Zaratustra*

15

tiempo de todos los árboles cuando la lluvia ccsó de repente y un viento como de médano atravesó la tarde, *aquella* tarde, en *aquel* parque, y los estremeció. Ella dijo: "Pensé que te había visto antes y después supe que, cuando te miro, es como si me estuviera viendo yo misma." Él dijo entonces: "Tus recuerdos son mis recuerdos." Y hablaron de todo lo que habían hecho juntos antes de conocerse. Los recuerdos comunes eran tan numerosos que una tarde tan breve no podía bastar para evocarlos. Tuvieron que citarse de nuevo para hacer el inventario, mientras los cabellos de ella crecían velozmente y él le anunciaba que el lunes empezaría el otoño. La caída de las hojas, aquella tarde de la primera cita, quedaba así justificada. Él escribió entonces un poema, que se le olvidó pronto porque las palabras, persiguiendo a las hojas, se dispersaron: un poema de augurios, de deseos y de catástrofes, de tormentas y de naufragios, de noches y de islas. Como quien formula un exorcismo, lo llamó *El miedo de perder a Eurídice*. Eran las siete cuando el vigilante atravesó la escena, es decir, el rincón del parque donde se encontraban por primera vez, trepado en una bicicleta y marcando con un silbato invisible, propio para tales menesteres, una festiva melodía sincopada que decía: *closing time; closing time; closing time.*

La escena ocurre a la vez en la banca del parque, en algún piso elevado de una moderna torre de cristales y en la penumbra de un pabellón recatado, entre rosas y magnolias. Los escenarios son intercambiables. Se me ocurre ahora que no sólo voy a contar una sino dos historias paralelas: la de aquellos amantes que se encuentran en un parque y se proponen asistir esa noche a la feria que han abierto en la isla del lago y la de ciertos náufragos que, en una isla desierta, juegan a ser robinsones.

La pareja espera, en la banca de un parque, la salida del vaporetto que hace el viaje a la isla. Dicen que la feria es la más hermosa que ojos humanos vieran. La pareja espera. Todo lo que ocurre, ocurre durante esa espera, que es el punto donde la escritura interfiere entre la fantasía y la realidad. Mientras esperan, toman cocteles helados. El tiempo de una espera es el tiempo de un sueño. Grandes masas de plumas blancas reposan en las piedras, a la orilla del lago.

Fue de allí en demanda de la isla de Cuba... Dice el Almirante que nunca tan hermosa cosa vido...

Diario de viaje de Cristóbal Colón

Uno tiene que escribir siempre la misma historia, piensa, mientras registra el chillido quejumbroso de la silla y se acomoda en la mesa de la esquina, cerca de la entrada. Va a pasarse dos horas, como todos los días, calificando trabajos de alumnos y bebiendo lentamente un té de yerbabuena cada vez más frío. La escena volverá a empezar tantas veces como sea necesario. El hombre de la mesa de la esquina, cerca de la calle, ha extraído con sigilo metódico, de un maletín dilapidado, un libro que lee a ratos mientras sorbe, sin mucha convicción, buchitos de té. Cuando lo cierra, a la vez que maldice la amargura de la yerba que pide maquinalmente, quizá por asociarla en secreto con la menta frappée o con un sorbete de limón al champagne, acaricia el oleaje encrespado donde naufragan, en la portada, un faro, los restos de un navío y varias lanchas, frente a una ciudad de cúpulas y minaretes. Es monótona la vida. Hay que inventarse pequeños juegos. Jugar al barco que debería salir a la isla a las seis de la tarde. Las palabras de la pareja no se oyen. Es imposible, pues, transcribir ese diálogo. Los labios se mueven, pero las palabras son inaudibles. Acaso por los ruidos que suele haber en los puertos, los gritos de los árabes/vendedores ambulantes, las risas desproporcionadas de los meseros y las conversaciones en alta voz de quienes ocupan las demás mesas del café. Quince alumnos de un colegio de Auckland, quince estudiantes del curso de lenguas del Instituto, naufragan todas las tardes, un par de horas, en la cubierta de *Dos años de vacaciones*. Mientras califica trabajos, humedece a cada rato, con la lengua, la punta del lápiz. Vuelve a Verne y toma notas. La pareja lo distrae. "La clave está en la índole de la relación exacta con la vida", murmura ostensiblemente, como si hablara con alguien. En seguida se siente un poco avergonzado porque se ha visto, desde enfrente, como el hombre que habla

18

solo en la mesa de la esquina. Entonces, para hacer como si nada, el hombre que lee *Dos años de vacaciones* dibuja una isla en una servilleta blanca.

el palacio de minos es un pequeño café en los límites del parque, más afuera que adentro, donde empieza la Avenida del Puerto. Lo frecuentan marineros, estudiantes de la escuela de Bellas Artes y parejas de enamorados. Cualquiera diría un viejo barco encallado a la vuelta de un ciclón. Las dos columnas de cemento pintadas de rojo, a los lados de la pasarela, se deben como el nombre del establecimiento a la fantasía del dueño, sin duda un sentimental: hace muchísimos años una mujer le envió una tarjeta con matasellos de Estambul, informándole que lo abandonaba en ese instante por el amor de un turco, mercader de alfombras en Calcuta: sobre el fondo de un cielo extravagantemente azul resaltaban columnas de un rojo violento. Al reverso decía: *"Mino's Palace. Cnossos, Crete"*. Ella entra en escena:

Lentamente, como si se tratara de una ceremonia. Mientras camina por la costanera ha tenido la impresión de ser mirada. El cuerpo segrega algo dulzón. La mirada la toca y la envuelve en una sustancia gelatinosa, en un ámbar que no hubiera cuajado. Se desplaza sin esfuerzo, como si no se moviera, lánguidamente. El cuerpo, abandonado a sí mismo, no es más que el cuerpo. Ha estado de pie, desnuda, detrás de las persianas, en la penumbra propicia del bambú, mirando la otra solitaria penumbra voluptuosa de la calle. Más allá estaba el sol. El sol siendo. Entonces se dejó deslizar la seda, como otra piel, sobre la piel desnuda del cuerpo. Ahora camina con sus dos pieles confundidas. Se deja caminar. La mirada son muchas miradas y es el calor del sol que la abraza dulcemente. Hay un lago y el sol lo picotea como un montón de mariposas de papel de China. No tiene prisa. La imagen del hombre que la espera en el café tiembla un poco como las cosas que se ven en el sol, en medio del desierto. Sin saberlo, sabe que el placer del encuentro, diferido, crece. Le gusta caminar. Lentamente, como si se tratara de una ceremonia.

...vemos la hermosura de una isla, precisamente cuando no vemos la isla...

Robert Burton, *Anatomía de la melancolía*

Él entra en escena:

Para encontrar una manera de llegar a la isla hay que asumir la posibilidad y aun la necesidad de llegar... En ciertos momentos y en determinado lugar, algu-

Imaginarse la isla es uno de sus pasatiempos favoritos. El ferry sale a las seis. Hay anuncios instalados en la pequeña caseta del muelle. Basta comprar un boleto y presentarse a la hora indicada. En el ferry uno puede transportar también el automóvil. En el vaporetto no. Las comunicaciones con la isla han estado interrumpidas mucho tiempo, tanto que sólo los viejos recuerdan aquella época en que era habitual ir allí de excursión. En los días claros es visible desde el balcón. Ahora vuelve a ser fácil llegar. Basta comprar un boleto y presentarse a la hora indicada. La vida es monótona. Decidir un viaje ya es optar por la aventura. Lee un ejemplar de *National Geographic*. ¿Abidján será una isla? Llegará dentro de un momento. Se han citado un poco antes de las seis. Tomarán cocteles helados. Otra mujer lo espera en la isla. Basta comprar un boleto. Ha estado soñando con una mujer que no tiene cara. Hay en el sueño una piscina de musgo. Una piscina de líquenes verdes, con escalones blandos, vegetales. Y un campo de golf de arena. Ahora espera a una mujer que no es la del sueño.

nas personas (las que saben cómo y quieren hacerlo) pueden entrar.

René Daumal, *Mont Analogue*

El hombre que lee *Dos años de vacaciones* fuma lentamente, como si esperara algo o esperara a alguien.

A lo lejos, mientras tanto, la isla es una faja oscura, una sombra azulada en el horizonte. La rodean gruesas nubes, como a Adán cuando Dios Padre le trasmite el soplo de la vida en el fresco de Miguel Ángel. El color del cielo

Nuestra vida era como la de una isla recién nacida...

Hölderlin

21

será azul zafiro, un azul extraño e
intenso, el azul del cielo que mira la
gitana recostada de Rousseau el adua-
nero, mientras duerme en el desierto
entre un león y una mandolina. Estará también el lucero. Cualquier historia verdadera debe remontarse a
Adán y Eva. Son ellos, sin duda, los
que se deslizan entre las aguas apaci-
bles del lago con el propósito de visitar la isla. Hacen el viaje en una embarcación de piedra, con rostro de
macho cabrío y cuello de cisne, que
flota dulcemente sobre el agua.

El hombre que lee *Dos años de vacaciones* imagina la isla
que, en ese mismo instante, está siendo imaginada por
Julio Verne. Es una isla que no está en los mapas. ¿Una
isla volcánica, la cima de un continente sumergido? Una
isla precaria que depende, para persistir, de que alguien se
obstine en reconocerla. Del océano, memoria oscura, emerge como todas las islas. Si la estuviera imaginando Octavio
Paz sería una lámpara prendida en mitad de la noche.
Imaginada por Verne, habría sido rescatada por Dios, o
por la casualidad, de la tentación de la muerte. Sumergida
tras un cataclismo geológico, habría resurgido como Fénix
de las cenizas, como el adepto al término del rito. Orgullosa
cresta, huella visible de la tentación, testimonio de una
muerte simulada o de un milagroso resurgimiento. ¿Es
Thera la evidencia habitable de la Atlántida? Frente al
peñasco desmesurado de Santorini, Julio Verne repite:

"Todo, salvo las más orgullosas cimas, se hundió en insondables abismos. . ."

Debe haber dormido una larga siesta porque se levanta fatigado, casi adolorido. A medida que el adormecimiento se disipa, empieza a comprender que ha dormido exactamente tres horas. El barco ha dejado de moverse después de una noche y una mañana de vaivén incesante. Con el impermeable colgado de los hombros, recorre pasillos largos, inestables, como en una borrachera. El piso, resbaloso, es una pista de hielo. La inercia del dormir es ingravidez, alivio, irresponsabilidad. El barco está detenido, pero se diría que no. Un enorme acantilado se acerca y crece, al acercarse, lentamente. La isla, cada vez más grande, pletórica, avanza al asalto de la mirada: él está en una lancha y la cercanía inminente de un gran trasatlántico iluminado acomete a la mirada, como si pretendiera un abordaje. Alguien tararea una melodía de carpa o de pianola. Encima del acantilado, casas blancas y cúpulas. Abajo, la espumosa violencia del mar. Esa espuma blanca es señal de su ira. Isla y mar se excluyen y se complementan. Hay en su alianza algo

Islas que atraen a nuestros esquifes de curva proa. . .

Coro de hierofantes en los *Misterios de Eleusis*

23

...a la merced del
mar color de vino
hay una tierra her-
mosa y rica, aislada
entre las olas: es la
tierra de Creta...

Homero, *Odisea*, XIX

Un país devastado
en el vasto océano,
que llaman Creta...

Dante, *Infierno*, XIV

soberanamente salvaje y no renuncian al oscuro designio de abolirse. Han quedado atrás las aguas de Creta y sus inmemoriales delfines voluptuosos, abandonados de Eros. El ejemplar de *National Geographic* se le cae de las manos. Abidján no es una isla. *el palacio de minos* no está en Creta: NO ESTÁ EN CRETA. A veces, la isla era visible desde la orilla. Otras no. Llegaba a esfumarse en los días de incierta transparencia y, cuando la humedad flotante se desvanecía, brotaba de improviso crecida, radiante, avanzando hacia el encuentro de la mirada como un trasatlántico lujoso y onírico, cada vez más próximo.

Daniel Defoe lo inventa y Verne le procura descendencia. Sólo una tenacidad alegre, regocijada, explica la innumerable progenie de aquel industrioso ancestro de Cándido, dispuesto a cultivar su propio huerto y a construir sobre la virginidad de la Isla el paraíso de la civilización, a la que añora como un huérfano devoto venera el recuerdo materno. Pero ¿son acaso idénticas la de *Dos años de vacaciones* y la misteriosa isla donde Cyrus Smith reconoce como maestro al viejo navegante de las profundidades submarinas? Los jóvenes náufragos juiciosos que añoran Auckland admiten que su barco ha sido "perfectamente colocado en la playa por una ola complaciente" que lo trató con benevolencia, sin deteriorarlo demasiado. Mapas, instrumentos de precisión, plumas y papel, libros, vituallas son otros tantos cordones umbilicales que seguirán ligando a los náufragos con aquel "progreso inevitable" que Smith le recordó a Nemo al advertirle: "Vuestro error, señor, estuvo en suponer que el pasado puede ser resucitado..." Trazarán en seguida un mapa, pondrán nombres británicos a los parajes de la isla, decidirán seguir buscando el conocimiento en los libros, que el naufragio no les ha arrebatado. El orden se restablece. La vida se regirá por normas. La autoridad será justa y engendrada por el consenso y la reflexión. Sólo que, eventualmente, los quince niños náufragos auxiliados por una confianza inquebrantable en los recursos de la razón para construir el Progreso, sueñan. Y basta que la vigilancia alerta del día los abandone para que se les cuelen en casa visitantes imprevistos: los fantasmas que habitan las profundidades de los acantilados. Y acaso sueñen también entonces viajar siete meses, veinte mil leguas, bajo la superficie explorando los múltiples tesoros que habrían constituido la sabia riqueza del Capitán Nemo.

"¿No quieren que los acompañe? Yo puedo enseñarles el camino", ha dicho el niño. "¿Cómo te llamas?" "Me dicen Micaelillo." Hay que subir y subir y allá arriba está el panteón. La campana llamará a las ánimas para que acudan a la ceremonia. Pero abajo está la feria. "Iremos primero a la feria." Irán primero a la feria. Una feria sin rueda de la fortuna (Micaelillo hace una mueca) no es feria. Sin hacer mucho caso de la pareja que lo sigue el niño corre, hablando solo, entre la multitud de turistas. Al doblar una esquina vuelven a tropezarse: los llevará a la casa de los monstruos y a un túnel dizque para enamorados. Esperarán las ánimas. Falta para que den las doce. Hace frío. Beberán aguardiente azucarado, casi hirviendo. Comprarán matracas y flores de zempazúchil. Descubrirán, mirando el cielo negrísimo, que el alcohol dulzón es infinita y dulcemente mareante y que la luna, patinada como un pergamino antiguo en el interminable hueco de la noche, es otra isla. Entre empujones, casi sudando a pesar del aire gélido, se enredan en la inercia del gentío que va descendiendo y se enrosca, serpenteando la colina, con otra oleada de gente que sube la callejuela empinada como un sendero de cabras. Sería fácil extraviarse. La noche no terminará nunca: *Para subir al cielo/ se necesita/ una escalera grande/ y otra chiquita/* Una alegría abisal y exorbitante brota desde algún sitio muy remoto. Dando tumbos, no tardarán en llegar. Siempre hubo algo grotesco y tenebroso en la palabra feria. *Sube sube Catalina. / sube sube Catalina / que desde el cielo te llaman sí sí / que desde el cielo te llaman /*

Yo he dicho que me propongo contar una historia. Que esa historia será una historia de amor y, en consecuencia, la historia de un sueño. Prosigo: soñar es remontar, hacia los orígenes, el curso de un río. O hacer un viaje al centro de la tierra. O buscar minotauros en laberintos acuáticos. Pero dicen que uno acaba por matar aquello que ama y quizá Teseo amó al Minotauro. Sea como sea, la pareja segrega su espacio imaginario. Las parejas se encuentran en los parques por las mismas razones que tienen los asesinos para volver al lugar del crimen: vuelven a la réplica del paraíso que están condenados a perder. Sería imposible contar una historia de amor sin un parque o sin una isla. Y no hay nada más parecido a una historia de amor que otra historia de amor. Acaso se trata, tan solo, de una secuencia infinitamente reflejada en múltiples espejos: la que se representa en un jardín llamado Paraíso Terrenal una tarde, ya a punto de caer la noche, cuando Eva le ofrece a Adán un hermoso fruto color granate. Si nos fijamos bien veremos que la serpiente resplandece como si no fuera más que un destello sinuoso de luz lunar.

Una vez que se entra al túnel, no hay más que un camino: imposible desandar lo andado. Micaelillo insiste: no es más que un laguito, que se recorre en lanchas de juguete. ¿Y las galerías misteriosas y las puertas que se cierran detrás de uno como en las pesadillas? La voz del merolico es aguda como el chasquido de un látigo. Inventada en Bélgica, por un habitante de Brujas la muerta, la feria recorre el mundo con su carpa de quimeras, de hipogrifos y centauros. El túnel del amor, recita el pequeño guía improvisado que se niega a salirse de la escena, es un lago de juguete cubierto por un toldo, que rodea a una islita verde, tan pequeña que sólo cabe en medio un arbolito redondo y muy verde, lleno de manzanas. El túnel del amor sirve para que los enamorados se besen adentro. Antes de entrar, comprarán algodones de azúcar color de rosa y huevos llenos de confetti. Se tomarán una fotografía asomando la cabeza por la ventanilla de un avión de cartón pintado de rojo. Y uno de los dos comprará, para el otro, un corazón rojo metido en un cubo de plástico transparente, un rompecabezas con las letras de la palabra LOVE.

La historia de los náufragos se insinúa con reiteración, como si tuviera algo que ver con la otra historia. Son personajes que se quitan y se ponen rostros, como máscaras. Hay una caracola rota y las muertes de Piggy y de Simón que cubren la isla como una niebla (William Golding dixit). ¿Se trata del último capítulo de una novela que empieza cuando San Balandrán busca la isla donde hubiera debido encontrarse el Paraíso o cuando, por primera vez, aquel cartógrafo radicado en Coimbra dibuja la Atlántida y, a su alrededor, grandes peces que emergen juguetonamente del mar?

El vaho del lago asciende y rodea la isla como una niebla. El automóvil se desliza por la carretera negra, penetrando una bruma densa impregnada de eucaliptos o de pinos. Hay olor a eucaliptos en el bosque nocturno. Hay olor a pinos en el bosque nocturno. Atraviesan un bosque de árboles de oro, un bosque en llamas dibujado nítidamente bajo un cielo rojo, encima de un horizonte rojo. Hay atardeceres que parecen premonitorios. El oro violento del cielo es, en esos crepúsculos, una fisura sangrienta por donde se escapa el mundo. Han salido de Morelia hace diez minutos y ya transitan una carretera alemana saturada por la respiración húmeda de bosques muy antiguos pintados por Durero. El paisaje es el que es y otro, siendo ambos al mismo tiempo. *On dirait Noël.* No es nada preciso, pero el pueblo emana un ambiente navideño. Hay cipreses y una luz dorada entre los laureles. *Despertad, una voz nos llama.* La iglesia, encendida como un ascua de oro, es el sitio propicio para iniciar un viaje al fondo de la noche. El episodio se va dibujando sobre una lámina de oro bizantino que tiende a devenir el fondo dorado de un Klimt. En el tercer pilar, a la dere-

Bien conoces el lugar musgoso, ese sueño... el lago transparente y las pequeñas islas...

John Keats

cha, se convirtió Claudel. Toda conversión es una iniciación. A veces, en el recinto sagrado, el dios llega en un sueño. Usan, para propiciarlo, jugo de amapola y esencia de menta. *Sanctus, sanctus, sanctus, benedictus, agnus Dei.* Réquiem para los que duermen sin tener acceso al sueño. *Requiem.* Los sitios de peregrinación suelen estar rodeados por bosques. Las ramas de los árboles de esos bosques son ramas de oro. Caminan hacia la iglesia envueltos en gabanes que han comprado en una tienda de la plaza. Noche de Muertos en Pátzcuaro: Navidad en Compostela. Dicen que todos los sitios de peregrinación se parecen. En Eleusis habría habido estrellas fugaces. Los habitantes de esta región lacustre construyen embarcaciones, pequeñas arcas de piedra, donde duermen abrazados Adán y Eva: leones, sirenas, cisnes con rostro de macho cabrío. Viajarán, pues, a la isla en un cisne de Lohengrin. La estatuilla tiene la sonrisa de la Virgen de las Rocas y, sin embargo, es su retrato.

...como dos cisnes viajeros, atravesábamos esas ondas solitarias...

Chateaubriand, *Atala*

Una novela de amor es la verbalización de un discurso que hubiera debido formularse en otro espacio y sin palabras. Rousseau explica por qué escribe *La nueva Eloísa*: "Los recuerdos de las diversas etapas de mi vida me llevaron a reflexionar... y sintiendo que me aproximaba al término de mi carrera sin haber probado a plenitud casi ninguno de los placeres de los que estaba ávido mi corazón, sin haber dado curso a los vivos sentimientos que sentía allí en reserva..." Wagner dice: "...como nunca he probado en la vida la felicidad real del amor, tengo que elevar un monumento al más hermoso de todos los sueños..." La melancolía de las fiestas galantes ha invadido el bosque, escenario jubiloso de antiguos epitalamios. Las brumas célticas y el infortunio de Abelardo y Eloísa enrarecen el aire que respiran las ninfas en las pastorales del XVI y del XVII y en las postrimerías del XVIII la espada del rey Mark se insinúa todavía entre Werther y Carlota. Doscientos años después ¿quién se atrevería a contar una historia de amor?

¿No van a atravesar el lago? ¿No pasarán a la isla? Es una experiencia que hay que haber vivido, aunque ya se sabe que las multitudes... Pequeñas fogatas, calentones como en el desierto de Sonora, alumbran el lago. También aquí enfría mucho cuando oscurece. La isla es un triángulo oscilante, tiritando cirios entre la negrura del lago y la del cielo. Cientos de mariposas encandiladas la rondan. La muchacha rubia, con blusa azul y sweater negro, sale a flote tras el tercer pilar y vuelve a sumergirse. Hay demasiada gente. Si sonriera tendría la sonrisa de la Virgen de las Rocas. *"Elle a un air naïf avec cette*

La isla de Utopía tiene, en su parte media, un ancho de unas 200 millas... su figura se parece bastante a una media luna...

Tomás Moro, *Utopía*

blouse paysanne." Se despertó a media
noche y, sin saber por qué, tuvo que
ponerse a pintar. Se lo regalará si le
gusta. Nunca le ha regalado nada. Del
tulipán africano se desprenden infinidad de hostias transparentes que pla-
tean por un instante la columna de sol
donde reverbera el fulgor súbito de la
primavera. Hay sentimientos que pueden vivirse y otros que habría que explorar, aunque sea una precaución tan
inútil como la de los náufragos que,
en los relatos, exploran la isla como si
la decisión de habitarla dependiera de
su voluntad y no del destino, que ya
la ha tomado por ellos. Las nubes
se dibujan disciplinadamente en el marco de la ventana abierta, navegando
con parsimonia hacia el crepúsculo. Sobre ventana abierta con nubes se posa
barco fantasma jugueteado por tormenta encima de bosque en llamas. Un
sweater marrón con cuello de tortuga
puede querer decir algo o no decir nada
más que un sweater marrón con cuello
de tortuga. Hay una noche estrellada
y con astros azules a lo lejos. Pero dura
apenas. El viento se vuelve más y más
violento y las palmeras más y más salvajes. El faro ilumina el cielo y en
seguida el mar, obedeciendo a un có-

¡He visto archipié-
lagos siderales! y he
visto islas cuyos cie-
los delirantes se
abren al que nave-
ga...

Rimbaud

digo que los dos conocen sin haberlo aprendido nunca, porque esa noche y sus signos les pertenecen. Desnuda en la piscina, espera la lluvia. La voz de ella es menos audible que un susurro: "No sabes lo extrañas que pueden ser las tardes en Central Park..." habría dicho, al mismo tiempo que otras palabras, dichas por él, aplastaban a las suyas saltando sobre la yerba seca como una pelota intrusa venida de otro juego y de otro sitio: "Ahora todo es tan fácil... ahora todo está bien..." Ocurre como en esas fotografías imperfectas donde han incidido, por una falla mecánica, imágenes tomadas sucesivamente. Todavía sería posible percibir en el fondo, un tercer plano: una escenografía de volcanes nevados que pende sobre el horizonte. Las parejas recorren el lago de Chapultepec en bicicletas acuáticas. ¿Por qué no salir a la calle en una tarde tan inesperadamente bella?

Entre sus brazos, sobre su corazón, sostiene a la pequeña isla en forma de crisálida

A. Jarry, *Spéculations du Dr. Faustroll*

La escena hubiera podido iniciarse, a la una de la tarde, un día de invierno. La extrañeza de ciertas tardes en Central Park aludiría a la luz verdosa de *La tempestad* de Giorgione. Tanto da: la irrealidad obstinada del espacio de la pareja y del espacio de Giorgione es la misma. Pero hay más. Hay, como siempre, historias que interfieren. Y hay, como ya dije, un hombre que dibuja una isla sinuosa sobre una servilleta blanca. El mismo que lee *Dos años de vacaciones* y que toma notas en un cuaderno de pastas duras en cuya portada, sobre una etiqueta roja con letras doradas, se lee la palabra BORRADOR. El hombre abre el cuaderno en la página marcada con el número 1 y escribe: DIARIO DE VIAJE. Y a continuación: "*Isla*: lugar de utopía; sitio al resguardo, al margen del mundo. *Isla*: tiempo sin límite. La transgresión ¿manera de ponerle límites, de introducir la muerte en el paraíso? *Isla*: lugar abierto por todas partes y cerrado por todas partes. *Isla*: *petit coin où les enfants vont jouer. Isla*: falansterio. *Isla*: todo laberinto lo es, pero no todas las islas encierran un laberinto (?)" El té de yerbabuena frío es ligeramente áspero y desagradable. El hombre piensa que afuera no toleraría el calor. Envidia los cocteles helados de la pareja y se le ocurre que debería buscarse un empleo que le permitiera pasarse las tardes bebiendo cocteles helados. Los ventiladores de grandes aspas suscitan una atmósfera de película de los cuarentas filmada en África del Norte. Él sería, en la película, un ex cazador perseguido por la culpa y dispuesto a iniciar una campaña mundial para proscribir el sacrificio del elefante. Pero en la vida real es un profesor de francés aficionado a la lectura de Verne. Tendría que calificar deberes de alumnos pero se distrae imaginando que podría escribir un diario de lectura como quien lleva un diario de viaje. La imagen de una mujer que recorre una ciudad laberíntica se obstina en desplazar a todas las demás imágenes. Hace frío y llovizna. Son las dos y media de la tarde. Pero es de noche y ha oscurecido. Comienza entonces a dibujar a la mujer, como si la recordara. La mujer dibujada se parece

34

a la Virgen de las Rocas. La mesa donde la pareja bebía cocteles helados está vacía.

La pareja entra al parquecillo y recorre los senderos arenosos. Han atravesado la ciudad desde puntos de partida distintos: una ciudad de ruinas clásicas escondidas detrás de fachadas medievales (o una ciudad de Piranesi disimulada tras un telón de maître Patelin). En la tienda de un encuadernador, ella ha comprado un amorcillo dorado que sostiene un lente de aumento. Se ha bajado de un autobús en la Plaza Saint Sulpice. Ha dado un gran rodeo para aproximarse al Pont Neuf y a la Place Dauphine donde él, que ha seguido otro itinerario, la espera sin esperarla. Porque esta pareja se encuentra sin habérselo propuesto. Uno y otro han seguido, sin embargo, itinerarios previstos. La plaza es un triángulo equilátero cerrado por tres hileras de castaños. No hay ruido: sólo el crujiente lamento de hojas secas aplastadas por los pies de ambos. Hay palomas y perros en la islilla de castaños. Un resplandor amielado, espeso, se instala, antes de desvanecerse, en los balcones más altos. Las luces de dos o tres pequeños restoranes se encienden a la vez que alumbran, en la calle, los faroles. Todo concertado, como en una escenografía. Ella dice, sin alterar el blanco ilimitado de la página donde ocurre el episodio: "No tolero esta suavidad casi cruel que se desplaza, con la brisa, entre los árboles. Vámonos, te lo ruego, vámonos." Él, que tampoco ha dicho nada, apoya el brazo sobre los hombros de ella y la obliga, casi con ternura, a caminar más de prisa. La escena se oscurece de golpe.

...al anochecer se sienten murmullos sobre las islas...

Georg Trakl

Alguien dirá: "El amor no existe. Ha tenido que ser inventado una y otra vez. Los enamorados sólo se aman porque se inventan y se inventan porque necesitan desesperadamente amarse. Nadie se enamora de nadie. Todos se enamoran del amor." Y, habiendo relegado al amor, con el sueño, a las empolvadas buhardillas de la noche, se dispondrá a dormir un cándido sueño sin sueños, sin sospechar que se soñará albatros sobrevolando islas, azules islas remotamente terrenales. El discurso del amor es utópico y el discurso de la utopía apasionado: ambos concurren en el punto en que el sueño, en un instante prodigioso, encarna en el cuerpo amado. El escenario podrá ser levemente simbólico; rozará la alegoría como los mapas del amor del siglo XVII o, en el mejor de los casos, se conservará tercamente igual a sí mismo, es decir, tenazmente cotidiano.

La ciudad, amortajada, se adormece en su blancura. Nadie la camina. La humedad, que pronto se volverá más nieve, preña el aire. Dentro, los cuerpos se buscan sin avidez. No hay nada que decir. Los gestos responden, con lentitud ceremonial, a otros gestos que responden, con lentitud ceremonial, a otros gestos que responden. La secuencia crece con la precisión de un rito cuyos orígenes se hubieran olvidado. El durazno y el azul, impecablemente atinados, prevalecen. Una lenta pantomima de diseño geométrico repite, en los movimientos de dos cuerpos vivos, la presencia inaccesible de ciertos objetos: un reloj de mármol sobre el cual se desliza, tensa como el arco que sostiene con el brazo izquierdo, una amazona andrógina; perfumeros satinados, semitransparentes, decorados con ninfas ligeramente esbozadas, tulipanes, salamandras; peces de platino, pálidamente violáceos, en la cresta de congeladas olas de cristal azul eléctrico; platos cabalgados por antílopes esbeltos, danzantes, sobre florestas de un verde marino, casi abismal; espejos abrazados a guirnaldas metálicas, montados en cilindros de esmalte azul cobalto, entre marcos muy lisos, de aluminio y de plata. Espejos excesivos, maniáticos, proliferantes, que multiplicarán muchas veces los gestos y jugarán con la fantasía de otras presencias, de testigos que imitarán los gestos de otros testigos, que imitarán los gestos de otros. Es probable que hayan sido previstos para instrumentar un encuentro que nunca volverá a repetirse. El silencio sella la escena con un aura de inevitabilidad. Afuera nieva. El sol, en alguna parte, debe ser una esfera incandescente color durazno. Los cuerpos, inmóviles después de la mecánica del amor, repiten la desnudez demasiado carnal de eucaliptos deshojados, impúdicamente exhibicionistas: porque los ojos se desconocen y se atisban, con desvergüenza hipócrita, como vecinos que se espían detrás de las persianas, de un lado a otro de la calle. "Sólo

...si en otras épocas hubo alguna isla en estas regiones, no quedaba el menor vestigio...

E. A. Poe, *Narración de Arthur Gordon Pym*

los pinos sobreviven al invierno. Una blancura infinita cubre los campos" — es él que, asustado, ha pretendido romper, con redundancia, la helada superficie tumultuosa del silencio. Los cristales, fatigados de sobreactuar un papel, han dejado de fingir la transparencia y enturbian las siluetas exteriores, que se divisan desde adentro como caballos demasiado grandes, con largas cabelleras que los protegen del viento. La escena no es intemporal. Ocurre esta tarde: ahora mismo está

ocurriendo. Y el río que se ha con-
gelado afuera, detrás de los cristales,
ese río que está ahí, afuera, es el río
San Lorenzo.

Volviendo a los náufragos de Verne, el profesor de francés que frecuenta *el palacio de minos* cree recordar que
comen perdices y beben sherry y recuerda también que,
devueltos a la naturaleza sin la desnudez purificadora de
otros robinsones, habitan sin embargo como todos sus her-
manos un universo puramente masculino, semejante al del
principio. Hubiera querido leer el diálogo de la pareja que
sorbía cocteles helados. Quizá su interés se deba únicamente a que la muchacha usa botas altas de cuero rojizo sobre
pantalones de mezclilla y ese atuendo lo perturba y lo torna
inquisitivo. Piensa en la edición Hetzel de los *Viajes extraordinarios* y en la alarma que suscita en el editor la pasión
desmesurada de su prolífico corresponsal por los viajes
que se emprenden en barcos de a de veras, aunque sólo se
trate de breves incursiones sin riesgos, en las proximidades
de tierra firme. Monsieur N. piensa en su propio gusto por
los viajes, responsable del exilio que lo ha vuelto parro-
quiano asiduo de *el palacio de minos*, mientras hojea dis-
traídamente las páginas de renglones apretados, en dos columnas, de un ejemplar barato de *Dos años de vacaciones*.
Anota: "*Caverna; gruta; cueva*: refugio, en toda isla, para
los náufragos. ¿Comunica siempre, secretamente, con el
mar?" Lee, al azar: "...era una isla, una isla en aquella
inmensidad del Pacífico, una isla de la que sería imposible
salir. Entonces asaltó el espíritu de Briant la idea de todas
las vicisitudes que tendría que sufrir y su corazón se enco-

gió de tal modo que dejó de sentir sus latidos" y escribe: "*Isla*: inabordable paraíso cuando, mirando desde un barco cómo se aleja, nos aferramos ávidamente a su efímero espejismo. *Isla*: escisión; ruptura; a-is-la-mien-to: soledad temible como la que se siente cuando algo, no siempre monstruoso, sugiere otra proximidad inquietante". Desde su mesa domina las dos entradas del café, la que da a la calle y la que sale al parque. ¿Por cuál de las dos puertas, se pregunta, habrá desaparecido la pareja?

Al atardecer, los enormes laureles de la India se vuelven suaves nodrizas que acunan pájaros. En el instante de la puesta de sol, un canto exuberante lanza desde los árboles un desafío breve y consternado, que despide al día como si nunca fuera a resucitar. Por algo los pájaros se resisten a volar hacia la noche. Los árboles son ínsulas y los pájaros náufragos del día. Una incipiente naturaleza animal se apodera del árbol, algo que no le viene de los pájaros sino de la tierra que se anima y respira y vela por las noches: un aliento vivo que los árboles, brazos de un cuerpo maternal, reciben y trasmiten. No ha hecho todo el día más que seguir el rastro del tigre por toda la ciudad. Un tigre de fosforescencia dulce y violenta, que se perdió de repente, de un salto, sobre el río de orillas arenosas, sobre la plaza de Venecia, sobre el bosque un poco dorado y la obligó a perseguirlo, como si no hubiera acabado de despertar, por las galerías de un laberinto sin techo. Deben ser las seis y ése tendría que ser el parque. El hombre del café la esperaría a las seis en ese parque. El tigre se le ha perdido. Lo ha buscado por las calles con el instinto de los perros que llevan en el olfato la más segura cartografía. Bajó los tres escalones de su casa pisando una superficie tan impenetrable, tan resistente, como la del sueño. Lo que la aguardaba más allá de los tres escalones era la respuesta de la adivinanza y creyó que todo podía ser inocente, como jugar rayuela sin saber que la rayuela es un mandala. Fue el cuerpo blando de un caracol dócil a la espiral calcárea que lo envuelve, prestándole vida a cambio de libertad. Sin comer, bebió uno tras otro café. Se quedó mirando fijamente a alguien que, midiendo mal la distancia de esa mirada, sugirió una invitación. Negándose apenas, corrió detrás del vendedor de caracoles que le insinuaba: "No se los puedo mostrar aquí: hay que bajar al río para verlos" y el río está al fondo de un cañón y los párpados son pétalos

...y atravesando la casa tranquila y desierta, salió... como a una isla encantada...

Jean-Paul, *Titán*

41

mojados en plomo, infinitamente pesados, y junto al río está el café de aquel hotel en Venecia, sólo que mucho más irrefutable, rodeado por un bosque donde se pasean parejas sin rostro dentro de una aureola vaga, quizás el resplandor demasiado pálido de la luna y los demás no parecen ver al tigre, sólo ella, con una gran peluca blanca de marquesa del XVIII, pantalones de mezclilla y botas rojas, deslumbrada por la elegancia elástica del tigre, inmóvil, y hay una luz de una de la tarde cuando se deja caer como un bulto de arena sobre la arena hirviendo en la esquina de Reforma y Florencia, que es una esquina de la Nymphenburgerstrasse y de la Quinta Avenida y los que van de prisa a alguna parte se tropiezan y la miran de reojo, molestos, recelando algo y más allá están los interiores sombreados de las tiendas, grutas propiciatorias que invitan a entrar y salir como se entra y se sale de una piscina y los corales cremosos se alían al azabache espejeante del ónix y hay pequeños témpanos de cristal de roca y malaquitas principescamente verdes y telas, texturas de telas, y cubiertas acuáticas, espejeantes, de libros de arte y colores descifrables, que fluyen de repente como ríos, largas franjas de color hacia el vacío, hacia un rojo espeso, sanguíneo, como el Borgoña, como Venecia. Hay un lago artificial por el que circulan parejas en bicicletas acuáticas y en la yerba hay gente en traje de baño. Desde el fondo azulado de la gruta, un niño de grandes ojos húmedos, grita en sordina: "Adiós adiós para siempre adiós" y su boca y la de él se entreabren para besarse y en la sala en penumbra pesa la higuera grande, cargada, del patio y un niño abrazado a un pez tornasol que nunca ha estado en el mar, mientras las bocas tiemblan un instante al presionarse los labios y las lenguas se retraen, como felinos a punto de dar el salto. Hay peces que encuentran su lugar de origen después de haber navegado la mitad del océano: por fin allí, detrás del enorme laurel, está el tigre. El tigre dice: "Nunca te había sentido tan mía. No temas. No volverá a romperse la magia. Dije una mentira cuando dije que no te quería. Habrá que regalar, eso sí, todos estos juguetes que nunca habremos jugado. ¿No sientes la electricidad? Podría poner a arder un bosque. Cierra los ojos: no arrugues la frente. Déjame que te vea así: tengo derecho a una

...un húmedo velo de bruma cubre las altas cimas de la isla: las olas nos bañan de espuma. Ha llegado el momento. ¡Tenemos que decirnos adiós!

Canto fúnebre de una isla de Polinesia

imagen perfecta de ti. Tú puedes contar las pequeñas arrugas que empiezan a marcarse, a mi edad, alrededor de los ojos: estás en tu derecho y ya te he dicho que estoy envejeciendo. Te voy a devorar dulcemente. No habrá efusión de sangre. Todos podrán verlo: la película se llamará 'Asesinato en el parque.' Ya te dije también que una intimidad tan infinita, tan absoluta, era para dar miedo. Tú seguías hablando del abandono, de que nunca antes, y yo te decía que mi único deseo era prolongarlo, impedir que se acabara y ya ves: ocurrió lo que tenía que ocurrir. Yo diría que todo no es más que una pálida locura. Vuelve a dormirte."
Ahora sube los tres escalones pisando con cuidado sobre una efusión de rosas rojas: el más mínimo descuido podría suscitar un incendio. Un rumor de oleaje turbulento se desata entonces y, subiendo detrás de ella los escalones, se traga a las rosas, que no oponen ni siquiera un gemido. Comprende que los laureles eran robles fatigados por tanto heno que les crece entre los brazos como túnicas flotantes de incongruentes fantasmas. Y que esos dispendiosos parques de azáleas inventados para domesticar la desmesurada ma-

Noche insular: jardines invisibles.

J. Lezama Lima

44

jestad de los robles sólo pueden ser vistos en New Orleans. Lo más extraño de todo es la sensación de traer arrastrando entre los pies el cadáver de un día escuálido, pero recalcitrante, renuente a recibir sepultura.

El hombre que dibuja la isla en una servilleta blanca, el que lee a Verne y escribe un *Diario de viaje*, es el mismo que no pierde de vista a la pareja que bebe cocteles helados. Lo he llamado Monsieur N. porque no sé cómo se llama. La pareja es una pareja real, un hombre y una mujer de carne y hueso. Él, de pantalón gris y sweater marrón con cuello de tortuga, tiene hermosos ojos castaños. Ella, con botas y pantalones de mezclilla, se parece remotamente a la Virgen de las Rocas. Monsieur N. se divierte introduciendo de contrabando, en sus preocupaciones cotidianas, un elemento tan ajeno a las de su autor favorito como sería la historia de amor de una pareja. Es más, se propone seguirlos y descubrir, paso a paso, la rutina de sus días y la naturaleza del vínculo que los une, es decir, si se trata de una aventura casual o de una relación prolongada, de un romance sin obstáculos o de una liaison clandestina, que se teje al margen de otra o de otras. La curiosidad por la pareja y la excitación de la fantasía que empieza a contagiarle el libro parecen ser de la misma índole. Pero ¿dónde entro yo? Yo que he dicho, sin ambages, que voy a contar una historia; yo que me complazco en fantasear que, si desapareciera, me llevaría en mi último equipaje a la pareja y a Monsieur N., o dicho con otras palabras, yo que me imagino omnipotente y omnisciente y que disfruto suponiendo que, sin mi intervención, el hombre que toma notas en la mesa de la esquina y la pareja que empieza a interesarle casi tanto como el libro que le sugiere las notas irían retrocediendo hacia ninguna parte como las figuras proyectadas por una cinta cinematográfica de vuelta, en sentido inverso, al carrete original. Me temo que yo soy un accidente. Un presuntuoso accidente, debo corregir por prurito de precisión. Porque mi voluntad apenas representa aquí el pobre papel de un relevo que recibe y entrega: traduzco y, al traducir, me escribo y, fuera de la página que escribo, habito ese mismo ninguna parte que se chupa como un embudo a las imágenes fílmicas. Bebo cocteles helados en *el palacio de minos* y, a la vez, trazo el contorno de una isla sobre una servilleta blanca. Menos mal porque, como todo el mundo, estoy a cada rato en un tris de no ser nadie.

...saboreaba ese olor de sal y de sol en la piel humana, ese perfume de lentisco y de terebinto de las islas donde uno quisiera vivir y donde sabe, por anticipado, que no se detendrá.

M. Yourcenar, *Memorias de Adriano*

El amor es cuestión de pieles. Pieles que se atraen y pieles que se rechazan. No cree en grandes pasiones, en encuentros fatales, en vínculos para toda la vida. Tendrá que hacer tiempo en el café porque el amigo que comparte su departamento lo ocupa, un par de tardes, con alguna pequeña actriz deseosa de hacer carrera. Mientras sorbe, con cierta renuencia, un té de yerbabuena casi frío, porque ha estado molestándole el estómago y ha tenido que abandonar, uno tras otro, los gustos de la mesa, recuerda sin emoción la escena que hace dos o tres noches le produjo un ligero insomnio, sin llegar a excitarlo. "Venimos a hacerte compañía" le habían dicho, sentándose al borde de su cama, los dos desnudos. La chica era guapa, pero les respondió que tenía sueño y mucho trabajo al día siguiente. Esas fantasías no lo atraen. Cuestión de pieles, sí, pero en privado y entre dos. Se recuerda diciendo con la convicción que pone aun en las frases más triviales: "El amor es sagrado: es como un rito", con un whiskey en la mano, en una fiesta. Piensa en el horror de la soledad y en los vacíos de la vida cotidiana. Se aburre. Hasta el deseo de desear se agota, descubre perezosamente. Pero le propondrá el amor a la primera mujer deseable que entre al café. La pereza del mediodía nivela los movimientos de los transeúntes, de los autos, al ritmo demorado que ciertas cámaras imprimen a las secuencias cinematográficas. El pavimento, reblandecido por el calor, suda un vaporcillo leve que frena la velocidad de los cuerpos y retrasa los relojes, como si un aparato invisible proyectara, fuera de su espacio y de su tiempo propios, algo que hubiera transcurrido en otra parte y en otra secuencia temporal. En esa penetrabilidad del mediodía se cuelan cipreses y magnolias, un sol rojo, casas ocres, gatos que bostezan y se estiran, hiedras que se adhieren a las estatuas del Palazzo Borghese, pinos marítimos, madonas sonriendo desde altos muros craquelados color mamey, querubines. Un poco ebrio de todo eso, recoge hojas secas a lo largo del Tevere. Ella le dice suavemente: "Acompáñame." Un chorro de palabras desubicadas interfiere: "Supe siempre que tenía que entender una frase importante que alguien había dicho pero se me había olvidado lo que era." Alrededor de las palabras hay cadáveres que flotan en el mar. También hay una balsa, una isla que se aleja, una mujer que se llama Eva y un hombre que se llama Jan. Pero la interferencia es instantánea y la intimidad de la voz que dice "Acompáñame" desplaza esa desordenada proliferación de la memoria. Atrapado en la tibia cercanía de una sola palabra recorre Roma tras la mujer como un alucinado. La ama entre innumerables cojines rojos. Hay en la pared flores exóticas con nombres latinos: *¿pasiflora laurifolia? ¿pasifolia lauriflora? ¿lauriflora pasifolia?* Y paisajes: *La grande tempête; La Fôret vierge*: cedros envueltos en cabelleras

Era la negra, negra soledad de las islas, y allí, mujer de amor, me acogieron tus brazos.

Pablo Neruda

48

fantasmales, transidos por un viento lleno de pájaros conducidos mansamente al ojo de la tormenta; lianas y palmeras, bóvedas abiertas en la selva, grutas y puentes naturales tendidos entre las rocas, tucanes, serpientes y colibríes, cocodrilos y cotorras, revelado todo en el resplandor instantáneo de un relámpago que vuelve uno solo los espacios de la tierra y del cielo y, al cesar, abandona el paisaje al vasto halo platinado de la luna que hace más audible la secreta respiración del tigre en la fronda nocturna. Le ha dicho, al despedirse: "No te acuerdes demasiado de nada. Ni siquiera de este encuentro. No es lo cotidiano, pero tampoco lo extraordinario. Aprende a ejercitar el olvido. Es tan sólo el revés de la memoria. No hay que temerle. Entrégate al olvido como te has entregado a mí: apasionadamente." Y ha descendido una escalera ancha, de peldaños agrietados, rotos, que ya no recuerda haber subido. En el patio, mira con nostalgia apresurada cómo se adhiere a las baldosas y a los muros una tenue floración coralina apenas sustentada por tallos y follaje. Sale entonces a la plaza sin mirar hacia atrás. Ahora se persigue a sí mismo persiguiendo la imagen cada vez

¡Pero las islas!

Anna de Noailles

49

más borrosa de un hombre que recoge hojas secas a lo largo del Tevere y las va lanzando, una por una, al río. En esta ciudad sin río sólo hay un lago artificial que recorren las parejas en bicicletas acuáticas: una antigua isla lacustre se hunde lentamente en torno al lago inventado, escindida entre la obstinada locura de imaginarse tierra firme y la verdad de un antiguo naufragio que sigue trabajando sin cesar para devolverla a sus orígenes, cuando la luz resplandecía en la altura del valle. La muchacha con botas y pantalones de mezclilla ha venido a sentarse a su mesa y es ella quien ha dicho: "¿Te acompaño?" Es ella la que ha pedido cocteles helados, mientras él recuerda vagamente que tenía una cita a las seis de la tarde, en aquel parque.

Como en la vida, hay que perseguir el diseño principal, que tiende a perderse entre infinidad de diseños secundarios. Pero ¿hay un diseño maestro? Estábamos, o estaban ellos, a punto de entrar al túnel del amor. Veamos. Al insinuarse en el texto el túnel del amor empezó a dibujarse en la página blanca un laberinto. Vuelvo al punto en que se prometía contar la historia de una pareja que se divertía en la feria y como en contrapunto, o paralelamente, la historia de unos náufragos. Empiezo en medio de la historia y luego retrocedo al instante en que se constituye el espacio imaginario, cuando Monsieur N. dibuja una isla sinuosa en una servilleta blanca. ¿Quién no ha soñado una isla desierta? Todos somos náufragos que soñamos islas. Pero ¿y esa atmósfera que rodea, al principio, a los amantes? La memoria da grandes saltos y me encuentro, de repente, entre los vapores del delirio que invadía a los adeptos después de beber el jugo amargo, o acaso dulzón y meloso, de amapolas cortadas en el valle de Lerna, cerca del mar, en el sitio donde Hércules luchó con la Hidra y la mató. Y en seguida, sin transición, curioseo con los ojos de los jóvenes robinsones la cueva de François Baudouin, el náufrago que conoció la isla antes que ellos y que les dejó el legado de su saber: un cuaderno de notas y un mapa.

El restorán del parque culmina, al fondo, en una pérgola por donde trepa un rosal pálido. Para llegar a la pérgola hay que subir y bajar escaleras circulares y transcurrir, con la fluidez incontenible que precipita a los cuerpos a deslizarse hacia su acabamiento en los espacios más cotidianos, pequeños salones tapizados en rojo y adornados con lámparas de cristal, candelabros y grabados vagamente eróticos. La penumbra de la caja abullonada, en seda y terciopelos, se desliza suavemente, sin estridencia, hacia la luz exterior. Bajo la pérgola hay unas cuantas mesas redondas, para dos o tres personas. *Le relais du parc* está en la orilla del lago de Ginebra. Siempre hay cisnes reposando cerca del agua: cisnes voluptuosos como los delfines de Creta, porque Ginebra la calvinista fue alguna vez risueña y sus cisnes conservan el recuerdo de aquella ligereza. Beben vino blanco de Alsacia para subrayar el gusto, demasiado discreto, de la trucha azul del lago. A intervalos, él toma la mano derecha de ella y la oprime por un instante; también a intervalos, con un lento movimiento, se la acerca a los labios y la besa. Se miran a los ojos con efusión y tristeza. Él le participa que lo asalta, con frecuencia, un intruso presentimiento de la muerte y que su necesidad de ella, entonces, se acentúa. Y luego le cuenta cosas triviales de los días que vienen y se van, de horarios de trabajo y de la pretensión de crear una obra duradera. "Dedico mi vida", le dice, "a negar a ese otro que pude haber sido. Dedico mi vida a evitar cualquier encuentro inesperado conmigo mismo. Dedico mi vida a explorar lo que nunca habré vivido." Ella asiente y responde con una sonrisa tenue y distante desde un minúsculo bosque de araucarias donde posan tres pavorreales, simétricamente

¡Si yo pudiera pasar mis últimos días en esa amada isla...!

Rousseau, *Sueños de un paseante solitario*

dispuestos. La presencia de los pavo- rreales en el bosque de araucarias co- rresponde a la incidencia de la nieve en un día soleado de verano. Dos de los pavorreales son una pareja y el tercero ama a uno de los dos. Ella los mira atentamente, sin alterarse, reco- nociéndolos. Los pavorreales se pasean por los jardines del Hotel Jochum, en la Nymphenburgerstrasse en Munich, un día del mes de octubre de 1865. Sería curioso seguirlos para descubrir cómo han pasado del parque de Wag- ner en Munich a la memoria de una mujer que, en un restorán del lago Leman, sonríe levemente a un hombre de aspecto melancólico y un poco som- brío que vuelve a llenar su copa, ya vacía, de vino blanco de Alsacia. Hay en la conversación un vértigo indeciso, que, una y otra vez, van desplazando las palabras.

Cuando caía la tar- de, cenaban a la luz de una lámpara; des- pués... contaban his- torias de viajeros per- didos en la noche de los bosques de Euro- pa infestados por la- drones o el naufragio de alguna nave arro- jada por la tempes- tad sobre los arreci- fes de una isla de- sierta.

B. de St. Pierre, *Pa- blo y Virginia*

Monsieur N. divaga alrededor del mapa de François Bau- douin, como quien no acaba de atreverse a descifrar un criptograma. "Trazar el mapa de la isla", escribe en su *Diario*, "es poner un orden lógico, ejercer cierto dominio racional sobre la naturaleza. Los náufragos de Verne, ali- mentados antes del naufragio por la única lectura que Rous- seau deseaba para su *Emilio*, siempre se proponen trazar un mapa, cuando la providencia o el azar no se los depara, como les sucede a estos jóvenes que soltaron amarras en Auckland para perderse en el océano y encontrarse consigo mismos en esa otra isla, sin nombre, donde tendrán que reconstituir, en una clausura perfecta, la imagen de un universo al que sólo entonces empiezan a asomarse." Monsieur N. juega con la servilleta donde ha dibujado, al vuelo de la pluma, el contorno irregular de una isla. Prosigue: "Los sobrevivientes tratan, en verdad, de sobrevivir. Son solidarios, paradigmas de la fraternidad entre los hombres. Mantienen sus distancias: no se dejan devorar por la selva. Reinventarán, desde cero, la civilización. ¿Reinventarán el mismo infierno convencidos de estarse fabricando el paraíso? Quizá. Pero lo cierto es que aspiran a la unanimidad, al consenso, al pacto libremente concertado y a una autoridad ejercida por la razón y la voluntad de servicio: el orden es norma de vida y nadie es lobo de nadie. No se abandonarán nunca, con la despreocupación del juego, a sus ilimitados paraísos infantiles, ni celebrarán ritos sangrientos, oscuras ceremonias de noche y de niebla como esos otros robinsones que cien años después, en otra isla. . ." Monsieur N. se detiene un momento y añade, cándidamente satisfecho de atar cabos: "La isla, como la pareja, es una realidad transitoria. La isla acaba por desaparecer cuando un día se desploman sobre ella los muros de agua que le habían servido de protección. La pareja se extingue cuando uno de los dos empieza a soñar con otra isla." Tiene en ese momento la sensación muy clara de estar bebiendo sin prisa cocteles helados, en la mesa de enfrente, con una muchacha de pantalones de mezclilla y botas rojas. El desdoblamiento es a la vez inquietante y placentero, como una complicidad. Vuelve a divagar, ahora entre imágenes a las que podría poner nombres fácilmente: ¿Campos Elíseos? ¿Jardín de las Hespérides? Escribe: "Islas como esas son todas las que despiden un perfume grato y deleitoso que los náufragos perciben desde lejos."

El telón se levanta sobre un fondo marino, intensamente azul, que avanza a un ritmo acosante sobre una ciudad que se despliega a lo largo de la costa, ávida de ser bañada por el mar y condenada a una empolvada virginidad de doncella del desierto. Los ojos de la ciudad que miran al mar lo hacen a través de los rostros macilentos, arrugados, de casas que nadie habita porque no ha empezado el verano. Toldos a rayas, desvaídos, con bordes en flecos, se alzan en el viento y luego se repliegan: parecen las banderas de un ejército que regresara después de la derrota o los estandartes de una cruzada fantasma. El paisaje la mimetiza tan despiadadamente que la mujer se sacude, con un gesto mecánico, un polvillo ocre que se imagina en los ojos, en el vestido. Encerrada en la cabina telefónica, se ha desgajado sobre su propia blandura de pelele, marcando inútilmente números al azar, para colgar tan pronto como una voz sin rostro responde del otro extremo del hilo. A ratos se recarga, como un borracho, en los cristales dejando que las palabras que él ha ido destilando, con tanta premeditación, vuelvan a devastar la inanidad de su cuerpo como hordas bárbaras sobre territorio vencido: "No me busques... me pesa demasiado... se está volviendo algo siniestro, como perder la identidad... será un compás de espera... después te buscaré yo, cuando sienta que es el momento..." Alejandría es un polvillo ocre que desafía a la brisa y que se adhiere pegajosamente a las fachadas y a los rostros. El mar no es más que otro espejismo del desierto, una alucinación de jinetes cegados por la blancura fascinante de la arena. Irá a Rodas sola y sin boleto de regreso. Hacia el Oeste el malecón se prolonga en una carretera que persigue al mar, ese espejismo, hasta Abukir. Pero Abukir es, como todos los sitios de tierra firme, un lugar en el mapa y Rodas, como todas las islas, una proyección del deseo. Tomar el autobús hacia Abukir sería traducir al día un ámbito que fue de la noche; ir a Rodas será jugárselo todo al sueño. Tres gaviotas, seducidas por el remolino de la estela, rondan la popa. La travesía a Rodas no es propicia: un barquito de papel en

...la isla de Rodas no emergía aún por encima de las olas, sino que permanecía escondida en los abismos del mar...

Píndaro

56

un charco de lluvia tendría más estabilidad. Envuelta en un impermeable, en una silla de cubierta, se abandona a la caricia agreste del Egeo, a la salada humedad del viento, con la voluptuosidad dolorosa que sigue a las despedidas.

Dos años de vacaciones empieza a quedarle chico a Monsieur N. Quería seleccionar fragmentos para estimular el interés de sus alumnos, niños de once a doce años que no resisten la soñolencia durante una clase azarosamente coincidente con la hora de la siesta. Y, sin proponérselo, su búsqueda empieza a teñirse de una euforia mucho menos razonable, impregnada de viento ciclónico, de siroco o de esa *bise noire* que desciende en invierno, desde los Alpes, sobre el lago de Ginebra. Y las aventuras de Brian, Doniphan y Gordon, esos prudentes jovencitos que nombrarán a la isla como el colegio donde, en el mundo de los mapas y los relojes, les enseñaban los mecanismos de la razón, empiezan a confundirse, en la inquieta memoria de Monsieur N., con frases sueltas, gestos, peripecias de otros viajes extraordinarios: es el Capitán Nemo que dice: "¡Yo no tengo nombre, señor!"; es Axel que se imagina viajar a través de un diamante; es el abismo del océano cubierto de restos siniestros de navíos; es Michel Ardan volando alrededor de la luna con los atributos de la quimera; es un ave gigantesca que se lleva entre sus garras a Robert Grant como el ave Roc a Simbad; es una columna incandescente en propulsión hacia el cielo; es un personaje con **muchos rostros sucesivos, cruzado de brazos, en espera de** algo, interrogándose quizás acerca del secreto del destino del hombre, pretendiendo acaso abolir el azar con un golpe de dados; es la silueta brumosa de Robur en su *Albatros*, que se desplaza sobre abismos amargos, baudeleriano príncipe de las nubes, y la del capitán Hatteras, avanzando hacia el Polo como si en ese punto supremo residiera el secreto. Creía acordarse de un buen burgués de Amiens, preocupado por resumir todos los conocimientos elaborados por la ciencia moderna, en el último tercio del siglo XIX. Y he aquí que las imágenes que insisten en asaltar su memoria aluden a héroes que sueltan las amarras de la geografía conocida, del orden doméstico, para emprender una travesía de tinieblas, un camino sembrado de obstáculos, entre islas radiantes e infernales, sobre el que pende una apocalíptica advertencia: "La tierra será un día ese cadáver enfriado. . ."

No sabe si contarle que la ha soñado. Que la ha soñado saliendo del agua, desnuda, donde hubiera debido brotar una isla. El agua tiembla como una suspensión oscilante de mercurio. Sobrevuelan bandadas de pájaros negros y es tal su negrura que se dirían azules y son tales sus dimensiones que los pájaros se dirían águilas vistas, en el terror, por cachorros huérfanos. Hileras de troncos esmaltados en verde o un manglar laqueado, artificial, se inunda de los pájaros, que ahora son improbables pelícanos voraces. Son, él y ella, un solo cuerpo y en el centro de ese cuerpo anida el deseo, como un pájaro impaciente. Una antigua deliberación rige la parsimonia que comunica, unos con otros, los más alejados caminos de la piel. El agua pesa. Algo grave transcurre. Un castillo crece de un peñasco que levita encima del mar y una voz en off dice: "Es la imagen radiante de la tentación." Yacen sobre el lago, que es el mar, cientos de águilas azules. Un águila de grandes pechos de nodriza los alza suavemente y los mece con un dulce vaivén que no tuvo principio ni tendrá fin. La isla de las águilas azules se va hundiendo lentamente en el ápice casi intolerable de un goce breve, doloroso, que se extingue de inmediato y el cuerpo emerge, desde el sueño, trabajado por una palpitación inveterada, por un oleaje rítmico que humedece la textura arenosa de las sábanas.

Hay una isla llamada Citerea, de la cual ha dicho uno de nuestros hombres más sabios que Esparta ganaría si la hundieran en el fondo del mar...

Tucídides, *Historia*

En la penumbra propicia de *el palacio de minos*, Monsieur N. relee con dificultad su casi ininteligible caligrafía, maldiciendo esa endemoniada prisa que le obsesiona por atrapar el borbotón de palabras que se le atropellan antes de llegar al papel y que se traduce en terminaciones truncadas, en una especie de taquigrafía que en seguida se vuelve ilegible porque no responde a ningún código previo. La pareja de los cocteles helados vuelve a ocupar el sitio en la mesa, pero está completamente seguro de que, un momento antes, se había esfumado. Sonríe mientras ordena, con cierto afán de atormentarse, otro té de yerbabuena, o puede ser que sólo busque un pretexto para interrogar al mesero, inclinando levemente el cuerpo, a modo de indicación, hacia la otra mesa: "¿es la primera vez o son asiduos?" El mesero hace un gesto de extrañeza que lo incita a mirar de nuevo hacia la mesa de la pareja, curiosamente vacía. Las alternativas de una historia de amor son infinitas: siempre se puede partir de cero y recomenzar y cada relato, en la improbabilidad, en la ebullición de su artificio, negará otra vez la blancura de la ausencia, el equilibrio de lo inane. Todo puede recomenzar, especula Monsieur N., desde un punto cero. Piensa en los colonos de *La isla misteriosa* y en su minúsculo departamento con muebles ajenos, con tan pocos objetos suyos, que lo expulsa todas las tardes al tibio refugio de *el palacio de minos*. El calor, afuera, está cargado de electricidad. La lluvia es inminente y se derramará por todas partes hasta que las plantas desaparezcan y las rocas se ablanden y su cuerpo, reintegrado a la gran nebulosa, haya dejado de ser su cuerpo. Apenas empieza a disfrutar la placentera molicie de las aguas primordiales mirando, sin verla, a la mesa de enfrente, cuando el estrépito de un rayo que debe haber caído muy cerca lo sobresalta y, gracias a tan inesperada interferencia del destino, puede comprobar, reconfortado, que la pareja vuelve a ocupar el lugar que le corresponde. Los registra con la íntima satisfacción del que hace inventario de sus propiedades y se siente, por un instante, dueño del mundo, infinitamente colmado. Entonces abre el *Diario* y escribe: "el hombre es el señor de todo". Fascinado con la frase, como si fuera suya, insiste: "Había en la Edad Media un oficio que me hubiera convenido, el oficio de descubridor de islas." Con hábito peregrino, calzando sandalias, portando concha de Santiago, bordón y esclavina, protegido del sol por un sombrero como el de Edipo en el film de Pasolini, se conmueve con su propia imagen como Verne, en *El Capitán Hatteras*, con la del navío que parte. Del monasterio al castillo y a la botica del alquimista, husmea infolios y pergaminos, escucha relatos de viajes contados en voz baja, descifra textos a los que sólo unos cuantos tienen acceso. Pero, hay que advertirlo, no se visualiza embarcando en una nave con destino a océanos salpicados de peligros y de islas, ansioso de aventurarse más allá de Finisterre entre las ondas que los mapas de la época colorean de índigo. No descubrirá islas entre los furores del Mar Océano sino a la vera de un fuego generoso, sorbiendo golosamente un vino grueso y oscuro, registrando lo leído y lo oído con el preciosismo de un iluminador de manuscritos. Navegante en tierra firme, busca islas desde el encierro autosuficiente, soberbio, del castillo y anda a la caza de una fauna exótica entre los pétreos follajes que se enredan en las columnillas de un claustro románico que circunda un jardincillo en el medio del cual crece un ciprés único y centenario. El sabor ríspido del té de yerbabuena es verdaderamente insufrible. Ordenará al camarero que retire la taza con el líquido verdoso y traiga una media botella de tinto del país. Una decisión tomada casi sin interferencia de la voluntad puede reservar satisfacciones imprevisibles: así el precipitado designio de esa mano izquierda suya tan aventurera, tan incontrolable, que ha trazado en la página 1 del cuaderno de pastas negras el extraordinario proyecto de un viaje. Ahora añade, precisando el sentido, cada vez más transparente de su aventura: ISLARIO. Y, acto seguido, da rienda suelta a la excitante fruición de asociar libremente: "*Isla*: página en blanco. *Isla*: estado de ánimo. *Isla*: jardín de la tapicería de la Dama del Unicornio. *Isla*: pinos tropicales y jacintos en las lagunas; venados, majás, mantarrayas que emergen cerca de la playa al atardecer. *Creta*: isla que encierra un laberinto, que encierra a un toro, que es Poseidón, que es el símbolo del mar, que es una metáfora del tiempo, que conduce a los hombres a una muerte inexorable". El camarero, repitiendo un gesto que en ese lugar y circunstancia resulta totalmente inoperante, derrama un poco de vino en el vaso de vidrio burdo, de borde demasiado ancho, y espera. Monsieur N., impaciente pero sin desperdiciar una sola palabra, da a entender que el preámbulo es inútil. La imagen de una ciudad italiana roja como el Borgoña crece y desborda el recipiente con el vinillo barato, pero casi amable, que se propone beber en lo sucesivo, todas las tardes, *en el palacio de minos*. Ahora recuerda a sus muchachos heredando, con el mapa de François Baudouin, los derechos de posesión sobre la isla y cree empezar a intuir que hay algo más detrás del gesto de quien traza un mapa o de quien recibe, de un precursor más sabio, esa información preciosa. Pero prefiere no ahondar, porque la imagen intrusa de otros niños que se adueñan de otra isla en el vértigo sangriento de un sacrificio ritual lo estremece hasta el punto de sentirse poseído de un furor ajeno, incorporado a su cuerpo y a su sangre en el brebaje violeta del vasito. Los mapas que surgen del diseño imaginario de una asociación que conduce a otra, y así sucesivamente, son insospechados: este mapa, que empieza a constituirse alrededor de un castillo rodeado de un foso y del parque cerrado de un claustro románico se convierte sin transiciones en el mapa de la isla de Creta, en el bosquejo de una Venecia todavía medieval, sanguínea y caliente, hasta culminar en el diseño matemático de una moderna torre de cristal, laberinto ascendente concebido en un instante de vértigo matemático, estructura congelada que ilustra un osado delirio de la inteligencia. La luz de innumerables reflectores se concentra en la torre de cristal donde está a punto de iniciarse, una vez más, la escena de amor que *yo* pretendo contar y que se transforma sin cesar en otra escena y en otra historia sin dejar de ser, una y otra vez, igual a sí misma. La historia recomienza.

Lo que enmarca la ventana no es el cielo y punto sino un cielo de Magritte. Las nubes geométricas, horizontales, son largos panes franceses. Desde la puerta, una manzana roja colocada sobre un libro constituye otro plano, más próximo, que se sobrepone al de las nubes. Entran y salen de un cuadro de Magritte. Ahora, de espaldas a la puerta, él sustituye a la manzana mientras limpia ceniceros y abre los vidrios para ventilar la habitación. En seguida ella, de espaldas a la ventana, desciende de las nubes sosteniendo una rosa en la mano izquierda. El azul del cielo es pálido y diurno pero adentro están prendidas todas las luces. La manzana empieza a crecer lentamente. Es una esfera de fuego que flota, en el horizonte, encima del mar; es una isla que navega entre nubes, muy bien enmarcada por la ventana; es una roca que levita, sin el menor esfuerzo, sobre un tumultuoso océano celeste. El cuadro de Magritte admite elementos prestados de otras escenografías: una higuera, lotos, rosas blancas, nochebuenas, una columna rota, un estanque, el perfume de un jardín árabe que es a la vez un jardín de Cuernavaca, un exceso de gaviotas, el azul de un cielo de Rousseau mirado por una gitana dormida, todo Nueva York, fantasmas de islas vistas desde la cubierta del *Stella Solaris* en un crucero por el Mar Egeo, el viento, un vestido blanco, el roce de un tejido de lana sobre la piel, una mujer que llora, cristales color de humo, un largo beso, movimientos ansiosos, una risa extemporánea, un rostro masculino que se repite en un rostro de mujer y a la inversa, de modo que es imposible saber cuál es el reflejo del otro. La manzana proliferante acaba por desplazar, sin embargo, a todo lo demás y a él y a ella que salen, apresuradamente, cerrando la puerta con llave y dejando a la manzana encerrada, como si fuera el monstruo de algún cuento. La manzana, desmesurada, llena una habitación donde antes hubo cojines rojos. Su densidad y su volumen son tales, acaso por ser imaginarios, que excluyen a quienes los imaginan. Y la pareja, expulsada por la proliferación de su deseo, desciende sin mirarse dentro de la jaula de metal que, al aproximarlos, los separa irremisiblemente.

...una serpiente terrible que, en los flancos de la tierra negra, en las extremidades del mundo, guarda las manzanas de oro.

Hesiodo, *Teogonía*

¿Cómo puede hacer tanto calor en una tarde de noviembre? Monsieur N. detesta el trópico y daría cualquier cosa por lograr su traslado a un sitio más acogedor, de clima benigno, inscrito en una geografía propicia, a la medida del hombre. A veces casi llora a lágrima viva ese destierro en un lugar donde nada lo retiene, ni siquiera una mujer, reprochándose la abulia que le impide volver a Francia y ver a sus padres antes de que cualquier día, de repente, le amanezca la noticia y ni siquiera alcance a llegar a tiempo para el entierro. ¿Por qué la bruja de Marsella le habrá asegurado buenos auspicios en el trabajo que le ofrecían en América? Sólo en un puerto remoto de las Indias Occidentales un café tan precario pudo ser bautizado con tan inmodesta desmesura. Pero ¿cómo extrañarse si hasta su propia fantasía prudente de maestro de francés empieza a desvariar? Se rasca, en el cuello, el piquete de un mosquito inexistente, que le arde de cualquier manera. El ventilador no anda y los clientes no se inmutan resignados, como buenos nativos de estas tierras, a toda clase de carencias. Alguien olvidó el periódico en la mesa vecina. Perezosamente alarga la mano, para improvisarse un abanico. Pero el ventilador ha vuelto a girar y Monsieur N. deja resbalar la mirada, sin alterar la pereza que lo invade, sobre el formato mal compuesto del diario. Y he aquí que, con ese tino absolutamente inexplicable que nos conduce en ciertas ocasiones a abrir los libros en la página que buscábamos, dos palabras se destacan de la confusa maraña de letra impresa, haciéndole guiños como las luces de un faro imprevisto al pescador que empieza a extraviarse en la noche cerrada. Las dos palabras son ROBINSON CRUSOE y a su alrededor se aprietan otras, como bosquecillo en medio de una llanura baldía: "el extraño encanto de las playas"/ "las paradojas de la historia"/ "luminosa utopía"/ "perplejidades"/ "presos políticos"/ "isla situada cerca de la costa chilena"/ "gran ilusión"/ "vergüenza"/ "civilización Occidental"/ Vuelto en sí, súbitamente lúcido, Monsieur N. completa en voz alta, con palabras de su cosecha, la noticia que registra el envío de un numeroso contingente de condenados a la isla que el destino y Daniel Defoe le depararon al más antiguo de los robinsones, convertida ahora en colonia penitenciaria: "La isla no es más que ruinas." Asustado de su propio talante apocalíptico, consternado, vuelve a la pluma y al cuaderno: "*Isla*: restos chamuscados, grotescos despojos del señor de las moscas." Más vale, después de todo, emborracharse.

La lluvia desplaza la presencia indiferente de otros transeúntes. Sobre el pavimento ruedan, junto a los autos, los resplandores azulados de los faroles: es una lluvia de hojas plateadas que desciende sobre los dos desde un escenario. Un escenario donde hay cerezos en flor y mujeres vestidas de lino blanco. La infancia, agazapada, espía detrás de las rejas muy altas de viejos jardines y un trenecito de juguete atraviesa sin prisa la escena. Se dan la mano como si temieran resbalarse. Ella siente palpitaciones y se acuerda de la estúpida alegría que le producen las alfombras amarillas. El auto estacionado se aleja cada vez más. Él mira, desde una ventana irrecuperable, a una indígena de trenzas sedosas que se baña en una tina de latón todas las tardes, a la misma hora, sin saber que la mira. ¿Cuántas veces hizo el amor con la otra, la niña, la que lo espió mirando por la ventana y tocó la puerta y, sin más trámites, se desnudó y se metió en su cama? ¿Cuántas veces? Ella dice: "Vente, corre conmigo, déjate deslizar, olvídate de todo, vamos a patinar juntos, para siempre, en el lustroso pavimento de la noche." Él querría responder algo, pero no puede. La avidez del tiempo lo persigue, implacable, desde el vestíbulo iluminado de cada edificio. Y más allá, todavía más alla, la su-

...parecía una roca algo lejana de la costa, en torno a la cual se deshicieran constantemente las olas, poniendo complicados flecos de espuma a su alrededor, como una de esas rocas a las cuales se aferran los náufragos cuando su buque se ha hecho pedazos en los acantilados.

J. Conrad, *Tifón*

brepticia avidez de la ciudad devorante, tan propiciatoria de naufragios silenciosos. Llueve demasiado. Dentro del café hay velas en las mesas y manteles a cuadros blancos y rojos. Entran como dos niños sorprendidos por un aguacero, descubriendo una cueva providencial en la ilimitada soledad de la playa desierta. "Fue una bella ilusión", dice él mientras ella, como si no lo oyera, habla al mismo tiempo: "Hasta la azálea se fue secando y acabó por morirse." Un montón de hojas de un otoño lejano se va acumulando entre las mesas y el ruido de los pasos sobre las hojas es como el chisporroteo de leños que empiezan a calentarse, antes de arder, en una chimenea. Pero es demasiado tarde. Él, con una ternura salida de contexto, le quita una migaja de pan de la comisura de los labios. Aunque ya los dos se han abandonado imperceptiblemente mientras ella acaricia, distraída, una pequeña cicatriz morada que nunca había visto antes en la mano derecha de él, justamente encima del dedo índice.

Monsieur N. se fija, preguntándose cómo no lo había visto antes, en un reloj de madera, con números romanos, sin minutero, colocado junto a la puerta. Obedeciendo a la tensión de un cordón que pende de algún sostén oculto detrás de la caja, dos contrapesos oscilan, de derecha a izquierda haciendo, al moverse, un sonido regular, un tic-tac que podría ser angustioso pero que, por alguna razón que se le escapa, lo reconforta y lo apacigua, como al médico el latido del corazón de un cuerpo que, de un momento a otro, podría abandonar la vida. Se le antoja algo de comer. Si tienen queso parmesano, hará que le traigan algunos trozos. Al mesero le parece una extravagancia: ¿está seguro? ¿parmesano en trozos? Y Monsieur N. anticipa, saboreándolo ya, el picor un poco violento de los trocitos que se volverán infalibles, cada tarde, como el vinillo de la casa, el TIC-TAC del reloj y la imagen de una pelota de tennis que acepta en seguida, tan dócilmente como ha registrado la intrusión del sonido mecánico: una pelota blanca que vuela entre dos raquetas, hermosa y absoluta, en la transparencia que tiende a devenir blancura donde flotan, emergiendo sin anunciarse de un olvido que habría podido ser definitivo, una cancha de tennis, jugadores vestidos de blanco, las raquetas, la pelota y una parque. "El mapa de François Baudouin (ha abierto el libro en la página 87) no señalaba ninguna tierra alrededor de la isla; pero era posible que el pobre náufrago..." Empieza a estar un poco mareado. Debe ser el calor. Pero cambiar a cerveza a estas alturas... La plática insistente del mesero, contento de haber dado por fin con alguien que lo oiga, bordonea ritmada por el TIC-TAC del reloj. "Sí, un regalo de ese señor amigo del dueño que también viene todos los días. Él mismo los hace." Si se interesa, le preguntaría cuánto. Hoy no ha venido. Delicioso el queso parmesano, con la pasta por supuesto. ¿Lo prefiere solo? ¿Otra botellita de vino? ¡Qué limpieza, borda Monsieur N., la de un mecanismo de relojería! Una maquinita que no depreda, que se limita a registrar la persistencia de la vida, que no se devora nada. Pensando en trabar amistad con el constructor de relojes, se le olvida la repugnancia que siempre le han producido esos implacables medidores del desgaste de los cuerpos vivientes. "¿La pareja de aquella mesa?" Habían dejado de venir. Quizá meses. Discutían mucho. Un día ella se levantó y salió de prisa, casi corriendo. "Lloraba, sabe usted. Una fotografía que se le cayó la recogí después del suelo, debajo de la mesa, toda maltratada, medio rota quiero decir, y él ni siquiera se dio cuenta y pagó y se fue, detrás de ella, y ya no los volvimos a ver." No sabe por qué la guardó. Sí, la fotografía. Se la puede enseñar. ¿Le interesa? Debe haberse fijado en cómo se parecían. ¿Por eso le ha dado curiosidad? Una fotografía vieja. Bastante sucia. Rota. Monsieur N., por deformación profesional, piensa en Mireille y Pierre, la pareja del curso de francés para principiantes, o quizás es para borrar con ese paradigma de felicidad doméstica para el consumo de escolares, la melodramática historia que el mesero, goloso, se empeña en venderle.

La melodía invade el recinto cerrado: se expande, trina, gime, se prolonga en una nota sostenida hasta que ha dado todo de sí; cesa y vuelve a iniciarse; vuela, se recoge, murmura apenas; tiembla, languidece, se arrebata, arde en entusiasmo, se desborda; cálida y en seguida luminosa, suave y luego in-

candescente, juega a ser a la vez
obstinadamente lúcida y grávida de
emoción, tonta y juguetona, lenta,
apasionada, silenciosa, asustada y des-
lumbrante, ruidosa y tierna, patética-
mente tierna. Desde la segunda fila del
palco, no pierde uno solo de sus movimientos, leyéndolos como se lee un
libro prestado que hay que devolver
pronto: "Eres lo que yo fui y lo que
hubiera querido seguir siendo: eres,
después de todo, la única verdad que
conozco." Lo dice mientras le juega los
cabellos, y los collares tan largos, que
se le enredan entre las piernas; mientras los dos juegan a amarse en el
suelo, en medio de la alcoba vacía, ex-
cluyendo de las cuatro paredes con ese
rito, con esa toma de posesión, todo
lo infausto y todo lo profano. "Oye
el clímax del piccolo, óyelo bien. Esta
noche todos sabrán lo que has sido, tú,
para mí. Voy a gritarlo a los cuatro
vientos. Óyelo, porque nos amaremos
allí, a la vista de todos, por última
vez." Todos la están mirando y no sabe
cómo disimular que está a punto de
saltar y hacerse pedazos allá abajo,
entre los violines, en un mar de lágrimas. Necesita fingir: ser Emma, en la
Ópera de Rouen, meses y meses antes

del arsénico, justamente en aquel instante, cuando León está por entrar al palco y ella es Lucia di Lammermoor sollozando lánguidos lamentos a la palidez espléndida del tenor. Fingir. Fingir. Dejarse transportar. Dibujar un barco a la orilla del mar y treparse y dejar que se la lleve. "Eres bruja. Sabes todo de mí. Sabes lo que ni yo mismo sé. ¡Bruja! ¡Bruja! Me envuelves en tu tiempo. Me asusta tu libertad sin límites... me da vértigo... no puedo tolerarlo..." Una bruja puede trazar una nave, toda empavesada, en la arena y luego acomodarse en la proa y ser el más seductor de los mascarones que hayan viajado los mares, los cabellos alebrestados por el viento, amada para siempre por audaces capitanes que perseguirán a la más extraña de las embarcaciones, capaz de volar y posarse, como ahora, justamente, sobre un escenario, entre "¡Bravos!" entusiastas. Pero ¿cómo se atreven a aplaudir? ¿Cómo? Si se trata del último episodio de una agonía. Gritan y gritan "¡Bravo!" como si el dolor los embriagara. Él, con un puñal en la mano derecha y un corazón ensangrentado en la izquierda, levanta los brazos y los atrae generosamente a todos, les agradece tanto sus aplausos, los embelesa, se los mete en el bolsillo. Les sonríe para comerlos mejor, como el lobo a Caperucita. Y en seguida exige, imperioso, el silencio y se vuelve hacia la orquesta y empieza a derramar con gotero su filtro hipnótico, subiendo poco a poco, calculadamente, la dosis hasta que una exuberancia melódica abre los poros más diminutos de la piel, eriza los vellos más reacios, se derrama sobre las lunetas y se cuela por los pasillos, sube escaleras e inunda palcos, invade los pisos superiores y llueve desde arriba en un torrente que sumerge voces y aplausos y risas nerviosas y carraspeos y movimientos inquietos y hasta sollozos. Le están pidiendo el paraíso y él les abre las compuertas del torbellino. Y todos, y él, y ella, flotan juntos, a la deriva, en el estrépito y la arrogancia de un grueso impasto orquestal, en una viscosidad perturbadora que no tendrá fin y que tensa los cuerpos hasta el dolor y el éxtasis y el olvido y otra vez el dolor, siempre el dolor, aunque no es posible pero sí es posible, y es el susurro de un aire tenue, el remanso de una transparencia propicia a la soledad amorosa y son ellos dos solos y apenas el latido de sus almas

Así... una música
sobrenatural envol-
vía la nave de San
Brendano cuando na-
vegaba hacia las Is-
las Afortunadas...
sin velas, sin remos,
sin espada...

*Le roman de Tristan
et Iseut* contado por
Bédier

robado por él, siempre amante, al silencio y traducido en quejido, en palpitación rítmica, a la voz seductora,
fascinante del corno y es él el que fluye
dulcemente despertando y sosegando
los más recónditos caminos de la piel
y son las miradas de todos que sabrán
que ella, en ese momento, porque se
le debe notar, no puede ser de otra
manera, se le debe notar, sabrán que
ella, porque ese latido inconfundible,
esa humedad quemante, y nunca le había sucedido, jamás, y sin embargo no
hay duda, y es allí, a la vista de todos,
como están haciendo el amor, por última vez el amor.

Y yo escribo como si soñara. O sueño como si escribiera.
Descubro, por fin, que ninguna otra enunciación importa-
ría. La historia de amor es un sueño que me escribe. Hay
un lago, una isla, una pareja y unos náufragos que se cuelan en el sueño con naturalidad sin parecer intrusos, porque
la coherencia de los sueños le debe poco a la lógica diur-
na. La isla se insinúa en un trazo sobre una servilleta
blanca. La pareja se la apropia o parece, más bien, que el
diseño de la isla es, al mismo tiempo, el diseño de una
pareja que una mirada curiosa adivinaría en seguida, la-
tiendo y respirando en el trazo de la isla. La pareja, al
engendrarse, me sueña y es mi sueño y yo diría que me
tiende la misma trampa, impalpable pero aprisionante,
que inmoviliza y suspende a los jugadores en las posturas

más incómodas, en el juego de las estatuas. Mi libertad es relativa: sería más justo decir que sólo fui libre de no entrar en el juego, de rehuirme al sueño. Porque una vez sujeto del sueño y partícipe del juego sólo me queda abismarme en uno, que es entregarme ciegamente a la euforia del otro. Juego, pues, con los ojos vendados, a la gallina ciega. Mi sueño y el de Monsieur N. coinciden a veces, como me parece que ya he dicho que el sueño de ella y el sueño de él coinciden con frecuencia, de modo que es difícil determinar cuándo es él quien sueña y cuándo es ella. En cuanto a los náufragos, entran y salen de mi sueño cuando ese sueño se confunde con el de Monsieur N., prófugos de otro sueño que los incluye a ambos: el sueño de Julio Verne cuando, vistiendo la piel y la levita de Aronnax, se deja retratar por Riou para la edición Hetzel de *Veinte mil leguas de viaje submarino*. Todo es un juego y eso me tranquiliza porque jugar no compromete a nada. Aunque me temo que miento cuando digo que me tranquiliza. Porque la verdad es que me excita y me produce cierto dolor de cabeza, como la abundancia de oxígeno al que no tiene el hábito de los lugares abiertos. También, a ratos, sufro de taquicardia y las manos se humedecen demasiado. La imagen de una prisión, que eventualmente incide, me remite a una metáfora: "cárcel de amor." Y, en la euforia del juego que estoy soñando, sé de repente que es un sueño que se escapa de otro sueño, el de una mujer cegada por la luz intensa de las cuatro de la tarde frente al mar de Acapulco, que postergaba al infinito la historia de una pareja. Expulsada de aquel paraíso, la pareja vaga en el limbo de las palabras no formuladas, de los gestos apenas esbozados, hasta que emigra de un sueño a otro sueño. O, con su deseo, engendra ese otro sueño, que es una isla, propicia como todas las islas al amor de las parejas y marcada, como todas las islas, por el fatum de la soledad. La isla nace de la espuma del mar, de los fragmentos germinativos lanzados por el aire al mar, aborto de un sueño, creatura fallida de un deseo frustrado: producto de una castración figurada, si castración es lo que impide la germinación del deseo. La pareja cuya historia no fue contada sufrió, en su doble naturaleza, una castración y es de ella que surge la isla, como la imagen de Afrodita en el sueño de Hesiodo, emergiendo de la espuma del mar, engendrada por el sexo emasculado del dios Urano, su padre.

Una magnolia no siempre es indicio de un escenario del *deep South*. Hay magnolias en una larga calzada de los jardines del Pinzio, en Roma, y en ciertos parques de la ciudad de México. Inmóvil y oscuramente verde, carnal como un gomero, la magnolia germina, tras una larga gestación, flores de una singularidad soberbia, cuya belleza, como la del árbol mismo, emana un aplomo que procede sin duda de su linaje remoto (es, entre los árboles que florecen, uno de los más antiguos) y de su proliferante efusión en las más altas cimas del mundo. Porque cada magnolia aun las que, todavía jóvenes, tienen una adolescencia desgarbada como la de esas muchachitas de viejas familias que tardan en manifestar la hermosura heredada, comunica algo de la memoria de su raza, algo de aquella *Magnolia Campbelii* que, en 1868, llegó a las Islas Británicas, después de una larga y accidentada travesía, procedente del Himalaya. Escoger una magnolia para un patio cuadrado, pequeño, encerrado entre edificios, puede ser síntoma de un desprecio olímpico por la realidad, de cierta locura acaso, o indicio de una afinidad electiva que no admite ser evadida. Sin haberlo articulado nunca, con esa ciega certeza que la impulsa en sus mejores momentos, se fue a comprar la magnolia. Sube las piernas al sofá donde acaban de hacer el amor y lo mira, a través de la grisura del humo, atentamente. Fumar después del amor es poner distancia. ¿Volverán a pasar seis meses? ¿Un año? La bata, que debió ser de seda, le queda grande. Se la ha echado encima con esa elegancia un poco descuidada que pone en todos sus gestos, otra manifestación de lejanía. "No acabo de irme y ya te estás durmiendo." Pero fue ella la que intentó un ademán de ternura, la que se le acercó y quiso mejorar el nudo de la corbata que, soñoliento, había anudado mal. Y él, en cambio, la apartó sin disimular la impaciencia, la prisa por irse. Cada uno, después del abandono, quiere recuperarse, como si esa cercanía sin ningún límite fuera intolerable, casi vergonzosa. Olvidando que ya sólo son amigos han vuelto, por una noche, a hacerse amantes. ¿Han estado enamorados alguna vez? Él ha dicho: "Me gusta que podamos hacerlo así, sin ponerle literatura." Y le ha descrito el vestido que tenía puesto el día que la conoció. Ella ha sonreído sin ningún reproche, tomando, como él de ella, lo que el otro puede darle: "Es bueno saber que estás ahí, en alguna parte, y tenerte de vez en cuando." Amarse así, sin buscarlo, sin ritualizar nada, pero convirtiendo cada encuentro fortuito en una celebración ¿qué más puede ofrecer la vida? Los dos saben medir tan bien el tiempo que se despiden sin exagerar gestos, sin pretender prolongarlo, sin inventar ruiseñores ni alondras, sabiendo que es inútil pretender que el día haga suyo algo que sólo fue propio de la noche. "Nos alcanzará para el fin de semana" dijo, al subir al automóvil, mientras ella, irreflexivamente, cortaba la única

Es curioso que nos hayamos conservado invulnerables en nuestra pequeña isla.

Ingmar Bergman,
Shame

78

flor de la magnolia, quizá sólo para decirle: "Tómala. Se irá embelleciendo cada día. Te durará mucho más que el fin de semana."

El hecho de que Monsieur N. se haya instalado en una mesa de *el palacio de minos,* envidiando los cocteles helados de una pareja que está o ha estado o estará en la mesa de enfrente se escribe, o así prefiero suponerlo, con cierta independencia de mi deseo, que no ha sido más que escribir una historia de amor. Pero su *Diario de viaje* se va engrosando con una caligrafía pareja, apretada, minuciosa, al principio algo errática y luego, cuidadosamente trazada, reflejo fiel del movimiento que la produce: las páginas se colman hasta que no quedan intersticios vacíos, como se van amueblando las casas de objetos afines y de alfombras, de cuadros y de libros, hasta que es posible decir: "ya todo está listo" y asomarse voluptuosamente a la ventana, con la esperanza de haber desterrado de ese espacio de clausura la zozobra del mundo. Entre sorbos de vino tinto y trozos de parmesano crece el *Islario*: "No siempre la isla es una localización geográfica: puede aparecerse, de improviso, en cualquier parte. Sólo sé que ese espacio distinto, no me atrevo a escribir *sagrado*, que se constituye, tiene una virtud o una fatalidad: todo lo que lo rodea queda, por encantamiento, abolido. Una isla se formula en un instante y se desvanece en un instante. Pienso en islas apenas esbozadas, efímeras: islas que duran la efusión de un abrazo o de dos miradas que se reconocen y se separan o del roce de una mano que, en el saludo, juega a proponer una caricia que no acabará de convertirse en gesto. Espacios de condensación diversa, algunas están marcadas por la indecisión de los primeros proyectos y otras aun así, apenas esbozadas, realizan esa feliz circularidad de ciertos bocetos cuya maestría es tal que el artista no se atreve a terminarlos." Monsieur N., ya para entonces, empieza a sospechar que el vino le despierta una latencia adormecida que lo destinaba a la escritura. Es tal su mimetismo, su tendencia especular, que está escribiendo el *Diario* en un idioma, el español, que no es el suyo. Si ha sido condenado a pasarse el resto de sus días en un puerto caluroso y húmedo del trópico americano, frecuentando un café con ambiente de película de Peter Lorre, entre gritos de vendedores ambulantes que serían árabes o de árabes que serían vendedores ambulantes, dejará que los días transcurran como quien cabalga olas en un esquí acuático sobre la tentadora lisura de cada página: "*Isla*: Edad de Oro. Surge cada vez que una pareja reinventa el tiempo del sueño y desplaza toda ruptura, toda escisión, al infierno de los otros." Olvidándose que se trata tan sólo de un *Diario de viaje* y, cuando más, de un pequeño *Islario* para el deleite de los mermados ocios que le deja la enseñanza del francés, se deja ganar por una seducción tan antigua como la de Eva sobre Adán y empieza a enhebrar su curiosidad por la pareja en una secuencia de palabras que todavía, con timidez, no se atreve a decir su nombre pero que cualquiera que no fuera él llamaría, llana y sencillamente, un relato: "El parque lo cierran a las seis. Además va a caer un aguacero. No, no usa reloj. Sí, viene todas las tardes. A sentarse un rato. A leer. A hacer apuntes. Porque también dibuja. Algunas veces. Ya se habían visto: está seguro. Pero no aquí. En otra parte. Qué sombrío se está poniendo el parque, parece una selva. ¿Vive

ella por allí cerca? Dicen que van a instalar una feria
enorme en la isla, algo así como un gran parque de diversiones. Cuando él era niño la ilusión era pasarse un día
en la isla. Ahora hace tanto tiempo que nadie va, desde
que sucedió aquella desgracia. A él se le ocurren cosas
raras, como dice su familia. Le gusta contarse historias,
imaginarse cosas: por ejemplo, ella podría ser una baila-
rina famosa y el parque donde se han encontrado un jardín
envenenado." Es tan fácil, una vez que se empieza: "Éste
es el final de la historia: los amantes, después de haber
conocido el éxtasis, conocieron el desamor y la pérdida.
Hubieran querido entonces desandar el camino. Al salir
del restorán se esquivan mutuamente los ojos y, al tomar
cada cual en dirección opuesta, desean por un segundo,
inventando en ese momento la nostalgia, que todo volviera
a empezar". Escribir una historia que empezara por el final
y llevarla, paso a paso, hacia el principio ¿por qué no?
Porque sólo se le ocurriría, se dice, sujetándose a una auto-
censura que no deja de admitir cierta condescendencia, sólo
se le ocurriría a un aficionado a frecuentar esa versión moderna del laberinto de amor que es, en cualquier revista
femenina, el correo de corazones. Y sin embargo, la compulsión es violenta y en otra página insiste: "Porque éste
no es el fin sino el principio. Alguien debe haberlo dicho
ya, por supuesto, pero si es así no me importa repetirlo.
Después de todo, lo que se dice es siempre otra cosa y es
lo mismo y todos escribimos un libro idéntico. ¡Tantos
libros para contar una sola historia! El telón se levanta y
empieza la función. Será otra historia ejemplar y siempre
la misma. ¿Para qué, Dios mío, para qué, si bastaría mirar
alrededor y leer el mundo, que ya está escrito?" Repasan-

do, se asusta un poco: ¿de qué se trata? ¿por qué ese "todos escribimos un libro idéntico " si él nunca ha pretendido... Y entonces, como si en las peripecias de esa aventura que no era suya, espiando a la pareja, estuviera recuperando en un lento aprendizaje algo de sí mismo que se le hubiera olvidado, concluye: "Isla y pareja, pareja e isla: incesante cosmogonía: lo que se le quedó a Pandora en la caja: el inagotable, bienaventurado, deseo."

Había en el jardín una mariposa de papel de China y entonces no hacía falta nada más. Ahora espera que le hable por teléfono como la venida del Espíritu Santo. Ridículo, pero en esas desproporciones puede estar ¿quién quita? la médula de todo. Se atraviesa luces preventivas y conduce sin embargo impecablemente, como nunca. Aquella mariposa no parecía mariposa. Era blanca. Edificios, jardines, anuncios y franjas de cielo nublado, colinas, se derriten en un montaje cálido que alude a encuentros y a la amabilidad de la vida, diciendo: "La realidad es espléndida y como melodiosa y estás, formas parte." Hacer anuncios fue alguna vez deleznable. Ahora es como llevar una doble vida con el placer, excedentario, de un amor prohibido. La mariposa pesaba demasiado: volaba lentamente, sin la ligereza de otras mariposas. *I got you* como música de fondo, mientras una manada de caballos salvajes se desboca sobre el espectador con un mañoso aplazamiento manejado por la cámara. *Ralenti* de movimiento vertiginoso, prolongación de clímax, tensión extremadamente placentera que el televidente asociará con el amor. Ciudad y bosque sobrepuestos. Avidez, anticipación, disponibilidad. La mariposa se desplazaba con la dificultad de una pajarita de papel que, confundiendo su identidad, hubiera emprendido el vuelo sin saber que pesa y que, si pretende volar, se le romperán las alas. La euforia se agrieta como esmalte viejo. En una condensación azafranada de luz, que se agita con el jugueteo del viento, cabalgan potros salvajes. Desplazar cámara a escena de pareja: caída de agua y pinos. Imagen de travesía en el desierto, persiguiendo espejismo. Brote de agua, palmeras, juncos, sombra: telón que se esfuma: escisión brutal. *I goooooot youuuu*: voz en off, insinuante: manos que se desenlazan para que él pueda ofrecerle a ella un mentolado y zoom a cajetilla ámbar y a silueta de mustang que cabalga bruma de bosque incendiado en vértigo lento, infinitamente demorado.

"Amar ¿no lo sabías? es un privilegio, una libertad." La secuencia de la escena está en sus manos: pondrá todas las cosas cn un orden propiciatorio y sonará el teléfono. Miedo de que suene y miedo de que no suene. Todos los días que no se han visto van obstruyendo, como un coágulo, la comunicabilidad del hilo telefónico. Podría marcar siete números al azar y prolongar el placer excitante de la espera sabiendo que no habrá respuesta. Un gran descubrimiento eso del vértigo demorado. Aplicable a todo. "¡Qué gusto oírte! De veras. ¡Qué gusto!" Voz que dice los días que no se han visto. El tiempo que los separa. El espacio que los separa. Voz de ninguna parte. Sin facciones. Sin mirada. Sin cuerpo. Voz de pelele que de una maroma brinca a cielo apastelado. Un Goya para día de fiesta. Solo, en la pared, frente a la ventana. Ciudad a colores, afuera: no en blanco y negro. Mujer bella modela conjunto de lino blanco, levantando auricular de teléfono blanco, entre aluminios y superficies negras de Knoll, sobre ciudad sedosa detrás de cristales, sobre ciudad grávida de lagos sepultados, sobre ciudad palimpsesto sobrepuesta a la grafía de otras muchas ciudades. "Tenemos que vernos, por supuesto." Voz impersonal que atropella corderitos de amor, privilegios y libertades. A punto de iniciar el descenso, la caída de cabeza, el pelele lanza, desde cielo apastelado, guiño de complicidad. "Te abrazo mucho" y desarticulación, rigidez de muerte, de pelele que cae sobre sinfín de peleles, como naipe sobre montón de naipes. Quizás el secreto esté en encontrar la sabiduría de esa carrera demorada de caballos en el bosque. Una llamada telefónica y la venida del Espíritu Santo: todo entra en el mismo cálculo de probabilidades. Ella diría: "Quiero que sepas que esto que me pasa no me había pasado nunca" y la voz, desde el otro extremo del hilo, que es como decir desde el centro del mundo, habría respondido: "Lo sé" y el pelele sonreiría, aprobando, desde cielo apastelado. El timbre sobresaltante del teléfono pone fin a la escena mientras ella trata de abrir, sin conseguirlo, la puerta del departamento porque la llave, equivocada, no acaba de entrar en la cerradura.

Yo, pobre Robinson Crusoe, después del naufragio debido a una terrible tormenta en alta mar, llegué a las costas de esta triste y funesta isla, a la que doy el nombre de isla de la Desesperación...

Daniel Defoe, *Robinson Crusoe*

Al comprobar que, como todas las tardes, le han reservado su mesa, Monsieur N. conoce la alegría de quien se jacta de haber puesto su granito de arena para asegurar la continuidad de un orden esencial: y aun, desempolvando sus viejas mitologías, se imagina sopesando historias en las puertas mismas del más profundo laberinto y otorgando pasaportes a los favorecidos de los dioses para las islas de la felicidad perpetua, dorados espacios de todas las utopías. Su manía de suponer que hasta los hechos más casuales, nimios, consuetudinarios, como el encuentro en un café de una pareja que bebe cocteles helados, responde a alguna razón superior, se inserta en algún diseño o tiene algún propósito, esa tozudez que lo obliga a buscar un orden cuando todo parece poner en evidencia el azaroso desorden de la aventura insignificante que es la vida, empieza a depararle desvelos inútiles, sobresaltos desproporcionados, molinos de viento cuyas dimensiones ya no mide, confundiendo esa curiosidad por las vidas ajenas que es patrimonio de cualquier solterona provinciana con una misión trascendente y casi, casi, con un apostolado. Las aventuras de *su* pareja y el afán de lectura y de escritura se le escapan de las manos. Es incapaz de conservar las riendas. Se lo están tragando como una adicción insaciable. El desempeño devoto del deber lo está conduciendo al vicio. El peso de sus pensamientos lo aplasta, como a cierto personaje verniano, más aún que el cansancio o el calor. Lee tanto, en un afán enciclopédico por abarcar indiscriminadamente los datos a primera vista más desligados entre sí, que ya no sabe, al registrar en el *Diario* ese pan de cada día del saber humano, si lo que escribe es de su cosecha o lo ha leído en alguna parte. Seguramente va a llover, aunque un rumor lejano, como el rugido del mar penetrando en alguna caverna, casi sugeriría la proximidad de un ciclón. *el palacio de minos* levita, contagiado por una calma demasiado profunda que viene de afuera. En cada mesa hay un caracol de la especie *strombus gigas.* Conchas gigantes que, dentro de la valva nacarada, disimulan un foco eléctrico. Como de repente parece haber oscurecido, la opalescencia de los caracoles artificialmente iluminados derrama una acariciante luminosidad de gruta sobre las mesas y las paredes tapizadas de carteles turísticos que remiten a Montevideo, Egipo, Dar El Salam, Nassau, los castillos del Rhin, Fez, Kenya y Río de Janeiro. El mesero, que es andaluz y supersticioso, ha vuelto a acercarse para conjurar, con la plática, el miedo que desde chico le tiene a las tempestades. Las dos ristras de ajo sobre la puerta ahuyentan el malfario, advierte, pero no fue idea suya sino del dueño, que se llama Ivo y nació en Venecia. Todo el mundo sabe que en la España meridional hay tantas tempestades como en Inglaterra o en los países nórdicos. Su abuelo, que había sido grumete, le contaba los terrores de los marineros cuando les tocaba atravesar, con mal tiempo, el siniestro desfiladero de Lyse, en los fiordos de Noruega, que nada tiene que envidiarle a las mismísimas puertas del infierno. Y sin ir más lejos, el propio señor Ivo, cuando le da por conversar, le ha llegado a contar de tempestades en el Adriático, que siempre se dan en invierno. Aunque, como dice el dicho, no hay mal que por bien no venga y también es cierto que después de cada tormenta el tiempo se suaviza y las lluvias, ya sin la amenaza del rayo y del trueno, les caen como anillo al dedo a las comarcas sedientas que se vuelven mucho más fecundas, como si todo tuviera que acabarse para poder volver a empezar. Oyendo el parloteo sin ponerle demasiada atención, Monsieur N.

observa las boyas anaranjadas que cuelgan del techo, junto con racimos de uvas de vidrio, que también sirven de lámparas. El señor lo perdonará, pero debe atender a la pareja de enfrente, que acaba de hacerle seña. Luego seguirán platicando, si el señor quiere descansar un poquito más de su trabajo. Demasiado distraído para concentrarse en el *Diario*, recoge un periódico que han olvidado en la mesa de junto. No los compra porque es raro encontrarse una buena noticia: prefiere hojearlos nada más cuando la casualidad se los pone en el camino. ¿A quién pudo ocurrírsele que semejante lectura fuera la mejor oración matutina del hombre moderno? A él, en cambio, le basta su pequeña dosis de Verne cotidiano para sentirse solicitado por todas las curiosidades, abierto a todas las búsquedas, terreno propicio para ser visitado, en cualquier momento, por el espíritu. Pero parece ser que es la fortuna misma la que le pone el tesoro escondido al alcance de la mano porque cada vez que abre un periódico que se le ofrece así, por casualidad, se encuentra algo que añadir a su *Islario*, como si de plano se hubiera establecido una comunicación inalámbrica entre su modesta persona y ese sitio inaccesible donde habría una respuesta para cada pregunta. Se trata de un encabezado perdido en la página ocho, que el lector profano habría pasado por alto: A LA DERIVA, 80 DÍAS EN UNA BALSA. ANTROPÓLOGO CON VOCACIÓN DE ROBINSÓN HARÁ EL EXPERIMENTO. Monsieur N. se estremece de gusto. Mira un poco alrededor para darse su tiempo, para no avorazarse. Acaricia con ojos enternecidos las columnas de Luxor, el Pan de Azúcar, la estatua de Lautréamont en el malecón de Montevideo como si fueran, igualmente, de su propiedad. Mastica con deleite un trocito de parmesano mojado en vino tinto. Dobla el periódico cuidadosamente en cuatro para poder leerlo mejor: "...saldrá, dentro de diez días, de algún lugar de la costa ocidental de África o de las Islas Canarias para llegar, aproximadamente en 80 días, a algún lugar de América..." El nuevo Robinsón, en su isla flotante, no llevará libros pero sí papel y lápiz por si le dan ganas de escribir. ¿A la deriva, en medio del océano, y llevando un *Diario de viaje*? *¡Oh, esa navegación eterna por un mar sin fin!* Monsieur N. se deja flotar, mecido por el céfiro, rodeado de mar por todas partes, en una balsa transparente de fibra de vidrio, pequeño acuario a la medida del hombre. Se deja flotar, con los ojos semiabiertos, mirando del acuario hacia afuera, siendo el pez que mira al hombre que lo mira, a su vez curiosamente, con la nariz pegada al cristal, parado frente al acuario. La balsa se mueve sin concierto, sin ton ni son, mientras pretende inútilmente orientarla hacia alguna parte. ¡Qué fortuna poseer lápiz y papel! Empezará, pues, la redacción de un *Diario*: "Yo era un hombre muy rico y proyectaba volver muy pronto a Francia, mi patria... A orillas del Pacífico, un poco al sur del Golfo de California, en una ciudad de México... Pero ya no quedan rastros de México y por todos lados es el mar infinito... solos en medio de un universo sin piedad... una espesa capa de lava sobre el lugar de aquellas islas, en las que sin duda hubo violentos fenómenos volcánicos... vestigios... como nunca habíamos visto... debían provenir de la antigua Atlántida... para que se perdiera el esfuerzo humano sería necesario... pero si no descubrimos lo que buscábamos, en cambio hemos descubierto lo que no buscábamos... sólo un alto acantilado negruzco al pie del cual yacía un caos de rocas... la desolación absoluta... comer, comer, nuestro fin perpetuo, nuestra única obsesión..." Poco a poco, la balsa se va estirando, perdiendo la rigidez de sus bordes, va dando de sí, demuestra su elasticidad extendiendo tentáculos hacia el mar, abriéndose en pequeñas caletas y bahías, desplegándose en suaves playas, se va cubriendo de una ligera pelusa verde, va brotando palmeras y cipreses, helechos y acantos, como esas piedras japonesas que al entrar en contacto con el agua proliferan en jardines multicolores. Cuatro angelotes gordos soplan desde los cuatro extremos del planisferio y el viento se pone a jugar con la balsa con la irresponsabilidad de que siempre han hecho gala los habitantes del Olimpo al mezclarse en los asuntos de los habitantes de la tierra. Y probablemente Monsieur N. habría seguido soñando con placidez si el mesero no hubiera venido a zarandearlo, avisándole discretamente que algunos clientes empezaban a protestar de sus ronquidos. Sin molestarse, poseído por una súbita y antiquísima compasión, como si ese viaje soñado le hubiera comunicado una sabiduría más profunda que la de todos los libros, le da una palmadita en la espalda, y abre el cuaderno como si fuera a empezar un proyecto absolutamente nuevo: "Soñé que viajaba hacia una isla que era la resurrección de la Atlántida. Era un acantilado enorme y nada más había quedado a flote sobre el mar que, por fin, se había devorado al mundo. No era el paraíso, pero sí una pequeña esperanza. Todo lo demás se me ha olvidado, pero estoy en paz." Si Monsieur N. hubiera leído un cuento póstumo de Julio Verne llamado *El eterno Adán* habría revivido la sobrecogedora y enigmática experiencia de Charles Baudelaire descubriendo el espejo de sus sueños en los sueños de Poe.

Pero, aun sin saberlo, las palabras del sueño le dejaron la inexplicable sensación de haber recibido un mensaje o de haber escuchado el dictamen de un oráculo. Aunque, por supuesto, las palabras mismas, la formulación, se había desvanecido cuando despertó.

Hay escenarios que cuentan, de por sí, una historia. Lugares que, al describirse, se narran. Tal, por ejemplo, el interior entrevisto de un palacio veneciano a cuya puerta comparece, abotonándose el chaleco con la mano izquierda, un criado de librea: el conde Ucello, descendiente de alguno de los Dogos, lo habita. Todo palacio, en Venecia, es un escenario teatral que evoca el histrionismo de Wagner y la suntuosa melancolía del Palazzo Giustiniani. Gruesas cortinas de terciopelo rojo y rojas tapicerías de caída majestuosa, moderadamente deterioradas, acentuarán la clausura y propiciarán el tibio erotismo que habría fluido, por mediación de la pluma de oro de Mathilde Wesendonk, a lo largo del segundo acto de *Tristán*.

¿No es la ciudad entera, después de todo, la más intencionada y desmesurada escenografía?

El rojo de los muros exteriores se desnuda, por aquí y por allá, insinuando la intimidad de la morada con cierta refinada impudicia. Hasta hace poco eran tres en la casa pero el joven sobrino del conde se ha ido. El conde pasa sus días en el breve jardín que asoma al campiello de los Arcángeles. Una hiedra tenue, ambarina, cubre ese revés del palacio que mira al jardín, diminuta floresta de naranjos, jazmines, coralillos, rosales espinosos que no han sido podados en mucho tiempo, yerbas silvestres, intrusas, que nadie arranca, florecillas invasoras que desbordan setos cuidadosamente trazados y gatos que se acomodan en algún sitio protegido y lo habitan, en silencio discreto, dos o tres meses. El conde dedica largos ratos a hojear álbumes de pintura y sale únicamente, de vez en cuando, para ir a la Academia donde examina con infinita paciencia, a través de una lupa montada en oro y sostenida por un amorcillo, las *Alegorías* de Bellini. En el Museo lo saludan con respeto y procuran dejarlo a solas para que pueda contemplar sin prisas al hombre que sale del caracol y contempla, él mismo, a la serpiente. Cuando aparece, los turistas se inquietan un poco, sin saber si deben aplaudir o no, adivinando la irrupción en escena de un actor de viejos prestigios, injustamente olvidado. En ocasiones, se detiene algunos instantes, en el salón contiguo, frente a *La tempestad* y luego, después de echar un último vistazo a sus *Alegorías*, sale velozmente como si el tiempo lo presionara, atraviesa el puente y se dirige, sin ningún rodeo, al palacio rojo que, al semiabrirse para engullir a su dueño, despide la iridiscente y trémula luminosidad de una valva por los reflejos del sol que multiplican los cristales biselados de las ventanas, los rayos que inciden en los numerosos espejos y los destellos multicolores que proyectan las lámparas de Murano. Por no aludir al sobrino que se ha ido, el señor y el criado hablan, dicen los vecinos, de catarros y de rosas. Los mismos vecinos han creído atisbar al joven en la terraza del tercer piso, o descendiendo al jardín por la escalera descubierta que comunica, por afuera, todos los niveles de la casa, pero han comprendido en seguida que se trataba tan sólo del criado, vestido con la ropa del heredero y los más observadores apuntan que se ha hecho ondular el cabello y lo ha aclarado, para acentuar el parecido, uno o dos tonos. La edad del conde es imprecisa: quienes lo han visto de cerca le atribuyen casi la vejez o casi la juventud, sin poder determinar de qué depende la incertidumbre del paso del tiempo en ese rostro hermoso, en ese perfil de moneda antigua, en esos ojos intensos y evasivos, en esos modales ágiles o excesivamente fatigados. Los que pasan frente a la puertecilla del jardín a horas fijas se extrañan de verlo una y otra vez en la misma posición, inmóvil, con una pluma en la mano, y mientras hay quien supone que escribe largas cartas al que tan intempestivamente se ha marchado, otros jurarían que no escribe sino dibuja, pretendiendo reproducir de memoria, acaso, la alegoría del hombre que sale del caracol y contempla a la serpiente. Así se justifican sus visitas a la Academia, esas excursiones que lo arrancan por breves lapsos de su inquietante ensimismamiento. Con más envidia que simpatía se le atribuye una inútil fortuna acrecentada con la viudez reciente (de una napolitana tan pródiga que lo habría dejado, a la vez, libre e imperdonablemente rico) y una disposición egoísta que no se habría alterado ni aun con la presencia del único hijo de su hermana, muerta casi al mismo tiempo que su mujer.

El conde sale al jardín por las mañanas, cuando los músicos de *La Fenice* empiezan a ensayar la obertura de *El buque fantasma* que iniciará, pronto, la temporada musical de invierno. Lo espera un sillón de mimbre con cojines de cretona floreada, ya muy desteñida, una manta escocesa y una mesita. Las lluvias lo desplazan, eventualmente, a la terraza cubierta. Pero la figura se ha mimetizado al aura melancólica del pequeño jardín salvaje, se le ha vuelto tan consubstancial que los transeúntes cotidianos creen distinguirlo, al espiar entre las forjas de la puertecilla indiscreta, detrás de un seto, incrustado en la verdura, aun cuando el sillón no esté visible y un vientecillo helado sugiera el aguacero. En un café lejano del campiello de los Arcángeles, alguien ha hablado de una góndola vacía vista en Isola Bianca, a donde nadie acude desde que fueron incinerados allí los huesos de viejos huéspedes del cementerio de San Michele y donde ahora, se murmura con cierto énfasis que sugiere tanto repugnancia como fascinación, sólo proliferan serpientes. La góndola del conde no es ya una góndola como las otras: a medida que la historia es contada más lejos del palacio por gente que jamás ha visto en persona al protagonista, la góndola se va volviendo más lúgubre y la imagen del dueño más ambigua. Una y otra, ya casi fantasmales, han sido detectadas en más de una de las pequeñas islas bajas de la periferia, deshabitadas, cenagosas, inquietantes espejos de los orígenes de la ciudad, donde la tierra y el agua no respetan sus mutuos límites y se confunden en un lodo plomizo, oscilante y tembloroso. Cuando la bruma se aposenta y toda la ciudad simula levitar en ella como si fuera a emprender el vuelo o, ya reblandecida hasta el apoyo mismo de sus cimientos, estuviera a punto de entregarse, sin ninguna resistencia, al abrazo ávido del mar; cuando los puentes y los peldaños resbalosos de musgo que descienden al agua amoratada de los canales interiores no se distinguen de la bruma, en una lechosa turbiedad indiferenciada; cuando el granate de la Venecia interior se fermenta en ese humo neblinoso, húmedo, y el mármol de la fachada de Venecia se derrama en una espuma cenicienta de modo que la ciudad-isla se vuelve su propio espejismo y flota sobre la laguna velada, rosácea, irreal, ya casi desvanecida, el conde ha sido visto, al mismo tiempo, en San Trovaso, en campo Santa Margherita, en San Rocco, en S. Giovanni e Paolo y en Santa María Formosa, en los Frari y en S. Zanipolo. Se habla, a veces, de su muerte: golpeado en la cabeza con un candelabro de plata, por un desconocido, lo ha descubierto el criado, a la mañana siguiente, en la alcoba; o de su desaparición: nadie lo ha visto después de aquella tarde, en aquel puente, en tal otro callejón, con un paraguas negro, abierto, a pesar de que apenas llovía. Se le atribuyen historias cuya autenticidad está suficientemente comprobada pero cuyos protagonistas fueron otros. La verdad es que el conde se ha esfumado y es inútil asomarse a la reja para espiarlo en el jardín (pero también es cierto que se aproxima el invierno y que la neblina y el viento glacial se prestan a la truculencia). Es un hecho que ha dejado de frecuentar la Academia. Ni las *Alegorías*, que están cerca de la entrada, ni el Giorgione del salón contiguo han reclamado su maniática, minuciosa, contemplación. La púrpura cardenalicia de los muros del palacio, purificada por la lluvia, parece asumir para sí un luto que no es exclusivo del palacio, ni de esas paredes, porque toda Venecia llora su duelo cada invierno como un coro de plañideras, pero los vecinos prefieren atribuirlo a la desaparición del conde para aislar allí, como se condenaban las puertas de las casas donde había muerto una víctima de la plaga en los llamados siglos oscuros, un luto que se ostenta, a lágrima viva, en las fachadas más dilapidadas y en las que disimulan con cierto recato la proximidad de la muerte.

Una nota folletinesca de indudable ingenio se debe a un bebedor de grappa asiduo a la tertulia que se congrega cada domingo por la tarde en el bar que está a la vuelta del palacio, un modesto establecimiento que algún bromista ha bautizado *el palacio de minos*: el criado ha extraído el cuerpo en la madrugada y ha ido a tirarlo al mar o, mejor, lo ha dejado insepulto en Isola Bianca, donde todo el mundo sabe que pululan las serpientes. Como hace frío, no deja de llover y la vida en Venecia es tan provinciana son bienvenidos, para romper la monotonía, los relatos que huelen a vampiro. Y pensar que la verdad es tanto más simple y que, para leerla bastaría dejar que el escenario se contara: violar la memoria sellada de los espejos y clavar como mariposas en alfileres las palabras que el viento ha ido enredando entre las indecisas floraciones de las lámparas de Murano.

Habría aparecido entonces un tercer personaje ("hasta hace poco eran tres... pero el joven sobrino del conde se ha ido..."). No, no el criado que en la verdadera historia es un oscuro figurante, sino una jovencita inglesa que habría llegado a Venecia al expirar el verano y se habría mudado a los pocos días al palacio Ucello, que conocería ese otoño las intermitencias de una furtiva y vertiginosa historia de amor escrita sobre otra, impaciente y expedita. La pareja furtiva se escurrió una mañana, muy temprano, por la angosta puerta forjada del campiello y se dirigió al embarcadero más cercano, donde los jóvenes subieron al vaporetto procedente de Lido, con destino a la Stazione F.S.S. Lucia. De la escena que se representó la víspera, ya muy entrada la noche, supieron, además de los tres personajes que miman la figura de este episodio veneciano, las colgaduras rojas que los abuelos del conde mandaron instalar cuando Wagner las puso de moda, allá por el otoño de 1858; los espejos, únicos sobrevivientes del Ottocento junto con el escritorio laqueado y el retrato de la tíabisabuela pintado por Rosalba Carriera y las desproporcionadas lámparas, mecidas peligrosamente por el viento de la laguna, cómplices en el secreto que siempre debería hacerse en torno a las palabras alteradas, a los reproches destemplados que aluden a mentiras y locuras, a traiciones, a heridas mortales, a las escenas de celos, en una palabra, confundiendo la intemperancia de las voces con la armoniosa melodía que emite el buen cristal, humedecido, cuando es despertado por una mano ducha o por el viento.

Pero ¿bastaría? Porque el ruido de toda esa efusión verbal y el estrépito melodramático de la pantomima gesticulada podrían disimular para siempre, de no saber leer entre líneas, la violenta angustia soterrada de otro discurso no proferido: "¿Quién revelará jamás la causa secreta e insondable de todo mi dolor?" (inicio de largo lamento melancólico dirigido por el rey Mark a su sobrino:

Andante moderato

p dolce espress.

escena en el jardín: segundo acto de *Tristán e Isolda*).

El Giorgione de la Academia le habría comunicado al conde, como presagio, su inminencia premonitoria, ese extraño color de los jardines en las tardes plomizas, cuando se aproxima una tormenta eléctrica. Ahora que ya empieza el verano a nadie le extraña, y parece lo más natural, que hayan vuelto a abrirse las ventanas sobre el jardín y que el mismo criado que sacude las persianas con un plumero demasiado grande se asome luego a la puerta que da al Canal, abotonándose el chaleco con la mano izquierda irreprochablemente enguantada. El conde, en un sillón de mimbre, escribe en un cuaderno y, aunque empieza a hacer calor, se cubre las piernas con la manta escocesa. Escribe para conjurar, volviéndolo palabras, un recuerdo inoportuno: "Hay ciertas tardes melancólicas cuando parece que el mundo está a punto de acabarse."

La quinta señal fue que se levantó el mar, o laguna de México con grandes olas: parecía que hervía, sin hacer aire ninguno, la cual nunca se suele levantar sin gran viento: llegaron las olas muy lejos y entraron entre las casas...

Fray Bernardino de Sahagún, *Historia general de las cosas de Nueva España*

101

"La isla de Tristán no es la de Robinsón" inscribe Monsieur N. en el *Islario*, preguntándose si la única diferencia estaría en la presencia de una imagen femenina ausente en el universo adámico de todos los robinsones. Su vida entera converge ahora en ese rincón del café y en el tiempo que gasta allí todas las tardes. No ha descuidado sus clases, sin embargo. Aunque hasta el tono de esa docencia intrascendente se ha modificado: enseña los usos del subjuntivo en lengua francesa como si aludiera al descubrimiento del barón Munchausen, en el siglo de Julio Verne, de que la luna es una isla. Algunos alumnos, sin saber a qué atribuir el entusiasmo inmoderado que el maestro está poniendo en los diálogos cotidianos de Mireille y Pierre, comentan entre risitas que el profesor debe estar enamorado. ¿Quién le hubiera dicho a él mismo, dos o tres meses antes, que la lectura de Julio Verne, revivida después de tanto tiempo gracias a la elección fortuita de *Dos años de vacaciones* para comunicar a sus alumnos las artes de la traducción, pudiera transformar la monotonía de sus hábitos cotidianos en reserva de gratificaciones inusitadas? Es verdad que ya no sólo lee a Verne, sino que revisa con una fruición afiebrada los estantes de la pequeña y desordenada biblioteca del Instituto a la caza de títulos prometedores. Hay todo un estante lleno de ejemplares atrasados de *National Geographic*. Hay compendios esotéricos, manuales de brujería, de ocultismo y de astronomía popular, tratados sobre meteoros, sobre la observación de plantas al microscopio, las transformaciones de la materia y los progresos de las ciencias y la industria entre 1850 y los estertores del siglo. El fervor de la lectura no sólo trastorna el espíritu sino que hace estragos en el cuerpo: Monsieur N. ha empezado, visiblemente, a perder peso. Es cierto que se le olvida ir al mercado y la minúscula alacena de su cocina, donde apenas cabe de perfil, está casi agotada. Pero, como hidalgo enamorado de novelas de caballería, debe más su desfiguro a ese apetito insaciable que a la modestia de su mesa o a la seducción de Dulcinea. Podría decir, con Flaubert, "Madame Bovary soy yo", aunque sólo fuera por los lapsos, cada vez más prolongados, en que se queda con la mirada perdida o, más bien, maniáticamente posada en un solo punto, cuando es obvio que lo que mira está en otra parte o en ninguna. La biblioteca del Instituto empieza a quedarle chica pronto, como sucedió con la lectura de *Dos años de vacaciones*. Ahora busca en la covacha de un librero de viejo que, por pura afición, persiste en mantener abierto su anacrónico negocio, casi siempre desierto, cerca de los muelles. Una frase pescada al vuelo con ese radar que la adicción le ha desarrollado, traduce una sospecha que él mismo no se atrevía todavía a articular: "Una sola verdad diré: que digo mentiras." La socarrona advertencia del sirio de Samósata lo permite todo y Monsieur N. se embarca, como niño con juguete nuevo, en la "verdadera" historia de la más fantasiosa de las navegaciones, inventada justamente para condenar a los escritores mentirosos a tormentos infernales. Remonta ríos de vino de Quíos, se escapa de voraces plantas femeninas, vuela siete días por los aires hasta alunizar y recibir el raro privilegio de enterarse, desde allá arriba, de todo cuanto acontece en la tierra, para descender luego en pleno océano a las fauces de la ballena y mirar desde la barriga del monstruo islas navegantes con bosques por velamen y proseguir viaje hacia las bienaventuradas para preguntarle a Homero si escribió la

103

Odisea antes que la *Ilíada* o a la inversa y visitar la ciudad de los sueños cobijada bajo la sombra de árboles de adormidera y conocer el mensaje secreto de Ulises a Calipso, concebido en el hastío de la felicidad doméstica: ". . .estoy en la Isla de los Bienaventurados; lamento mucha haber abandonado la vida que llevaba a tu lado y la inmortalidad que me ofrecías. . ." Esa noche no se puede dormir, excitado con la certeza de habitar las antípodas a donde el azar de un naufragio conduce a Luciano al término de su mentiroso viaje. Exhausto, sobrestimulado, consigue pegar los ojos al amanecer, no sin formular antes un firme propósito de enmienda. Será más prudente y, por supuesto, se abstendrá de leer el *Quijote*. Esa tarde se llevará al café las *Lecciones de cosmografía* de Tisserand y Andoyer, manjar un poco indigesto pero nada peligroso. Un ansioso saludo del librero lo hará volver sobre sus pasos, a pesar de todas sus buenas intenciones. Le tiene una verdadera curiosidad, un bocado de cardenal: una edición de 1872 de la Bibliothèque des Merveilles de Hachette, nada menos que *Les Harmonies providentielles* de M. Charles Lévèque, con cuatro aguafuertes: *Les autruches*, *La famille*, *Jean d'Arc à Orléans* y *La nuit étoilée* que ilustran, respectivamente, las armonías naturales del planeta, las humanas, las religiosas y las astronómicas. Le está vendiendo los grabados más que el texto, se justifica el viejecillo ávido, cuando le pide un precio exorbitante. Monsieur N. se anima y pasea con cierta reserva escéptica por la letra impresa, detectando un optimismo panglossiano que no lo tienta demasiado: que si el mal prevalece o no, en el mundo, sobre el bien; que si tiene como fin último el Bien, el mejoramiento y el Progreso; que si el Progreso trae consigo un redoblamiento del Progreso; que si la inteligencia tiende a ese bien que es la verdad y a ese bien mayor que es el Progreso en la verdad, es decir, la ciencia; que si las armonías del universo físico y moral, científicamente estudiadas, sin intervención alguna de la imaginación poética, demuestran la existencia de una inteligencia única, superior al Universo. Monsieur N., que acaba de desenterrar del olvido una frase que está seguro de haber leído en Verne, aunque no sabe cuándo ni dónde, una frase que no vacilaría en llamar lapidaria aunque sólo dos palabras se le han quedado a flote: "Minotauro" y "Progreso", sonríe ante el optimismo leibniziano de M. Lévèque y está a punto de rechazar el librito, sin poder decidirse porque algo lo seduce, quizás el rojo intenso de laca china que filetea las páginas dándole al librillo de pastas negras, al cerrarse, el aspecto de una cajita de joyas. Una esfinge alada y un ángel con lámpara de Aladino se inclinan curiosos, en la tapa, sobre un mapamundi dorado. Las páginas, salpicadas de manchitas ocres, parecen pieles pigmentadas por los estragos de la edad. Un cielo negro lleno de puntitos blancos hace las veces de telón de fondo para destacar la silueta de un edificio coronado por una cúpula grande y una pequeña y algo así como un minarete, que comparte el primer plano con mástiles, velas y una estela lunar que riela en el agua y conduce la mirada hacia un plano profundo, apenas esbozado, de lejanas arquitecturas, todo ello en el aguafuerte que representa la noche estrellada. *La nuit étoilée* y la portada de su ejemplar de *Dos años de vacaciones*, eso es, son idénticas. Y ya se dispone a entregarse al sobresalto propio de los encuentros mágicos, cree percibir el temblorcillo en medio del estómago, la palpitación acelerada, la carne de gallina, el escalofrío, cuando descubre que se equivoca. O más bien el dibujo disfraza, disimula, encubre a otro. Al adivinar la perspectiva de Venecia desde un punto situado frente a Santa María de la Salute, verbaliza por primera vez algo que seguramente siempre había sabido: "Venecia *es* una isla" y, mientras paga sin chistar, se le hace agua la boca redactando mentalmente la primera entrada de esa tarde en su *Diario de viaje*: "Hay que leer a Verne como un palimpsesto: detrás del adepto del Progreso hay otra, o acaso varias, escrituras invisibles: detrás de una fachada de cúpulas y minaretes está la imagen de Venecia, isla."

Una que otra vez, la isla aparece muy explícita en la historia: ni alegórica, ni metafórica, ni metonímica, cualquiera podría localizarla en el mapa, en el punto de intersección del Atlántico y el Caribe, una isla de suaves prados ingleses y puentes y especies de canales que algunos viajeros, tomados por sorpresa, asocian con Venecia. Una isla de las Antillas Menores, pródiga en pájaros verdes y escarlatas, en helechos gigantes y en palmeras; una isla no asolada todavía por la avidez de las cabras. Una isla que en ciertos días, sólo en ciertos días, aparece nimbada por un halo nocturno, que se hace sensible cuando la memoria de la isla se materializa y brotan, a su alrededor, el humo y la niebla de una remota erupción volcánica. Una mujer camina entonces la isla delirante. Es tan pequeña y tan soñada que puede ser recorrida en un segundo o en una infinita eternidad. El viento del mar despeina sus largos cabellos, y, buscando abrigo, se abraza al chal, tan ligero, por no tener a quien abrazarse. La mujer y la isla, en ese instante de delirio, se confunden.

Ha hecho una larga travesía. En el barco, bordeando litorales de arrecifes y magnolias, no ha dormido. Ha velado día y noche mirando sin fatiga la inmovilidad del mar y el movimiento de las nubes en el cielo apasionadamente azul, sin transiciones entre el azul y la condensada blancura lunar de las nubes. Un joven oficial, solícito, la ha cubierto de mantas, de té y de caldos maternales. Ella lo ha dejado hacer con una lejanía lánguida, ajena de sí, estando perdida de él, del otro, al que ama. Nada estaría ocurriendo como está ocurriendo si el padre, al escribir: *"malheur à qui aime sans être aimé"* no hubiera desatado el ovillo del sueño.

En la butaca de un cine, una mujer ve desfilar en la pantalla las imágenes de un film de Truffaut, *Histoire*

Ardía de amor, pobre Dido... errando en los bosques de Creta...

Virgilio, *Eneida*, Libro IV

107

d'Adèle H. Esa mirada se añade, como
elemento intruso, a la historia de los
desdichados amores de la hija de Victor Hugo. El texto, éste, que vuelve a
contar ahora la aventura de Adèle y
su viaje hacia la isla es una versión libre, una traducción: admite personajes
no registrados en la película y pretende reconstituir escrituras previas de la
historia que, involuntariamente, ya
la estaban inventando: la del propio
Victor Hugo, en la medida que su
preferencia por Léopoldine, la hija mayor, prefigura las pautas que luego
habría de seguir la locura de Adèle;
la de Adèle madre que, amada por
V.H. y enamorada de Sainte-Beuve,
inspira a su marido el verso citado; la
de Adèle, hija, al asumir como única
realidad la realidad de las palabras,
marcando con esas palabras el destino
de su cuerpo, volviéndolas su cuerpo,
gastando su cuerpo en el proferimiento
de las palabras, en la escritura de su
demencia. La escritura de Truffaut, al
escoger esa historia para testimoniar,
en una secuencia de imágenes suscep-
tibles de proyectar en el espacio de lo
real, una y otra vez, el espacio del
sueño, el asombro perpetuo del discurso romántico y la de Isabel Adjani,

vehículo del hechizo, propician la que hace una mujer, espectadora, desde un asiento de las últimas filas en la sala oscura de un cinematógrafo:

MALHEUR À QUI AIME SANS ÊTRE AIMÉ. ¡Escándalo! Maldición del desamor. Maléfico tabú que condenaría para siempre el delito de amar a quien no nos ama. Sueño del padre vuelto sueño de la hija alucinando sin descanso, sin paz, la figura evasiva de un amante voluble que, sin haberla amado con una intensidad que sólo hubiera sido propia del sueño, la ha abandonado. El barco desciende el Atlántico bordeando la costa americana y a medida que la brisa deviene menos helada el azul del mar se espesa y se coagula en una gelatina azul cobalto. En su silla de cubierta, Adèle sigue escribiendo. Escribe largas cartas que el joven oficial Harrington promete depositar en cada puerto, como si otras naves más veloces pudieran salvar antes la distancia que separa al *Sea Dolphin* de Albert Pinson. Harrington las lee en la soledad impecable de su camarote, con una fiebre idéntica a la que Adèle consume al escribirlas y las guarda después en una cajita con relieves que su hermana Nettie

Lee llenó de dulces caseros aquella última mañana en Atlanta: "intensidad temblorosa con la que mi alma se vuelve hacia"; "algo se escribe en mí, para ti, todo el tiempo"; "no quiero despertar de esa tarde nocturna llena de lilas y tú me estrechas en tus brazos"; "¿por qué, por qué, volver diurno algo que era del dominio de la noche?"; "prestarte mis ojos para que veas, tú también, lo que yo veo"; "en esa isla, lo sé, habrá un volcán: toda la isla será un volcán"; "llena de ti, mi alma"; "abandono que me habita"; "si me concentro y te invoco"; "algo cruel y delicioso en esta parálisis"; "ninguna voluntad, ninguna"; "lento mar que nos aleja"; "lejanas luciérnagas me visitan cuando..."; "habrá jazmines amarillos, lo sé, y playas de arena rosada y de arena blanca y viejos árboles barbados"; "yo bajaba escalones, uno a uno, hasta un sitio muy profundo y alguien decía: 'no será posible, no será posible, la herida todavía supura... *la blessure... la blessure...*' y yo, vestida de amarillo en un columpio y la tarde, siempre la tarde, y tú y el tiempo"; "la fascinación, la fascinación del mar sin límite y tú y yo, infinitamente íntimos, en una tarde infinita"; "necesitando tanto que me quieras"; "hacerte desear este deseo mío, que no es de morir y es"; "la naturaleza enjuta de una mariposa prendida en la punta de un alfiler"; "este amor voraz que me enciende y me consume en la distancia"; "habrá en la playa, en medio de la isla, la estatua de un hermoso almirante, todavía no sé su nombre, ya lo sabré, todo lo sabré"; "habrá viento, un viento lleno de naufragios que nunca habrán sucedido y la isla será, a la vez, pequeña e infinita"; "no dejo de hablar contigo porque te como y te bebo y te respiro y eres cada una de las cosas que entran en mi cuerpo para mantenerme viva, apenas"; "tan perdido el uno del otro"; "mi cuerpo, penoso como un árbol asesinado en exhaustas dunas"; "cabalgando, en este barco, abismos de agua mientras tú. . ."; "y luego buscarte por calles despiadadas, en zaguanes esquivos, en lechos desmemoriados"; "esta candente ausencia que me vulnera y me deja aterida"; "fantasma de plomo"; "dos eres: uno me soñó, el otro me olvida"; "viviendo de prestado un tiempo que no me corresponde"; "doliente destierro de mí al que me ha condenado la persecución de tu abandono"; "la más antigua, la más refinada de todas las torturas"; "te palpo en mi cuerpo, con dedos que son tuyos porque antes te palparon"; "decirte que me estoy curando del amor, que hago lo posible por odiarte"; "las frías huellas en mí, del calor fugitivo de tu cuerpo"; "irrealidad de abrazos que no se dejan abrazar y me abrasan y me extinguen. . ."; "impaciente brisa"; "enferma de una fiebre helada que tú encendiste"; "incendio de mi alma que el mar propaga"; "voy hacia esa isla sin saber si estar allí será el fin de mi tormento o el principio de otro más"; "¿habrá cipreses en la isla?"; "he aprendido en esta travesía, en la estrepitosa soledad del mar, lecciones de abismo. . ."; "hay un piano, donde yo escribo estas cartas, día y noche, en aquella otra isla donde él. . ."; "ella era el cisne, yo apenas la paloma, tú tendrías que recordarlo porque. . . y una pequeña alcoba tapizada de flores antiguas, abierta al jardín, y después del jardín al mar, y yo en el piano olvidándome todo y comer y vestirme y mi madre alterada y mi padre diciendo *ella me odia* y siempre lo del cisne y la paloma y yo y mi hermana ¿para qué te lo cuento? ¿para qué?"; "dime, dime si habrá cipreses en la

isla"; "y la lluvia, porque la lluvia
este verano en Marine-Terrace"; "y
detesto París y Londres y Bruselas
y el piano, sólo el piano es mi consuelo y él detestando la música y diciendo que únicamente por mí y de
repente ya eres tú junto al piano y
en el jardín vidrieras de colores y centauros ¡no puedes haberte olvidado!";
"el mar, hace unos días, empezó a se-
ducirme demasiado y dejé de escribirte,
te habrás preguntado, pero ya no estoy
enferma, no te inquietes, amor mío, no
te inquietes"; "esta ausencia desborda-
da, esta sequedad vertiginosa y lo que
será nuestro amor"; "noches enteras
aquella frase, aquella melodía que estoy a punto de... ya casi la recuerdo... ya casi..."; "cuando me arran-
caste de las manos tantas palabras que
ya para entonces yo te hubiera escrito"; "fogatas azules, sí"; "esta inútil
necesidad de amarte"; "la fascinación,
la ilimitada fascinación de la isla en
aquel sueño, vagarosa, siempre enfrente"; "tocaba a Mozart, eso es, tocaba a
Mozart y empezó a gemir lo otro que
salía del piano, que yo no tocaba, que
no era yo quien lo tocaba, aquella otra
cosa dulce y terrible, la melodía, LA
MELODÍA, que aquí"; "¿me creerás

¡Oh innumerables islas que florecen en los mares de la vasta Agonía!

Percy Shelley

si te digo que casi siempre es el crepúsculo?"; "no hemos tropezado todavía con ninguna isla"; "te escribo tanto silencio que me has dejado, eso es lo que escribo, no te engañes, no me engaño, no escribo la palabra"; "porque al escribirte te alucino"; "¿sabes qué es el mar? ¡Si yo te lo dijera!"; "el duelo gozoso que es amarte"; "la he caminado: sus calles incipientes, sus frondas enigmáticas, sus crepúsculos voraces: la hemos caminado"; "¡y qué furiosa cabalgata de lebreles!"; "te la contaré, te contaré la isla, déjame contártela, si no te la cuento me habré muerto de tristeza y entonces las grandes ceibas y sus troncos abrazados por raíces amorosas y los parques melancólicos, sin yerba, sombreados por las ceibas enormes, y las raíces de las ceibas, extendidas hasta allá, a ras de tierra, y los templetes circulares ceñidos de columnas y también de acantos, creo, y la tierra de la isla que siempre habrá sido roja y las calles sinuosas y secretas y el mar avanzando sobre la tierra, sobre la isla, ávidamente, nunca inmóvil, siempre azul, azul cobalto, y la fatiga de las playas y las selvas de eucaliptos ¿y por qué este sol ciego, abrumadoramente ajeno?"

Incapaz de dejarse contar el final de la historia, una mujer sale precipitadamente del cine. Afuera, aunque sería cosa de no creerse, hay un crepúsculo violento, casi sanguinario, y un volcán nítido y nevado. Porque la historia es la de una mujer que, al salir de un cine donde exhiben *La historia de Adèle H.*, film de Truffaut, está a punto de ser atropellada por un automóvil. El desenlace abrupto, que se queda en suspenso, parecería buscado por la torpeza ausente de ella y propiciado por la hostilidad distraída de los automovilistas en las tardes fatigadas y desdeñosas de cualquier ciudad contemporánea, México por ejemplo. Los cipreses, como suele ocurrir, bordean las grandes avenidas.

Como es harto sabido, el que busca encuentra o, para disimular la obviedad, las coincidencias mágicas son el pan cotidiano de la pasión. Extasiado todavía con la imagen inquietante de Venecia Monsieur N. se dice, con idénticas palabras que un viajero inglés de las postrimerías del siglo XVII: "Venecia está edificada en el mar y México en un lago. . ." y no acaba de descubrir ese inefable mediterráneo cuando, en una revista que acaba de sacar de la biblioteca municipal, se tropieza con la silueta magnífica de una ciudad coronada de cúpulas y minaretes al pie de la cual consta: *Tenochtitlan*, según grabado de *Civitatis Orbis terrarum*, seguido de la noticia de adquisición, por un coleccionista alemán, del único ejemplar conocido de *L'Isole piu famose del Mondo*, engendrado en 1572 por un tal Thomaso Porcachi, docto tratado donde también se asienta, afirma el autor del artículo, una comparación entre la fabulosa Tenochtitlan y la legendaria Venecia. Profundamente perturbado por una codicia en todo semejante a la de la agitación amorosa, Monsieur N. ahoga, en sorbos de vino tinto, el duelo por un tesoro que jamás poseerá: el *Libro... nel qual si ragiona de tutte l'isole del mondo*, compilado en 1528 por Benedetto Bordone. Nunca se ha sentido tan desposeído, tan menesteroso. Apenas le sirven de consuelo una *Histoire de la navigation* de 1867 que pudo haber leído Verne y un ejemplar de *Les tempêtes* (París, Hetzel, 1863), en cuyo tercer capítulo Zurcher y Margollé abundan sobre las Islas Afortunadas, que el dueño de la librería, en un rasgo de inédita generosidad, le ha obsequiado como pilón de la compra, a precio de oro, de *Las armonías providenciales*. En *el palacio de minos* se tolera el calor porque algunas esteras de paja (¿o se trataba de ventiladores de aspas?) colgadas del techo abanican a los clientes con un ritmo pausado, monótono, de música oriental. El mesero, que ya conoce el lado flaco de Monsieur N., su manía de remontarse a los orígenes, inventa antecedentes cada vez más improbables y remotos de *el palacio de minos*: antes que el señor Ivo comprara el barco que, como todo el mundo sabe, encalló por allí cerca en un ciclón memorable, había en ese sitio un local de la Wells Fargo, una Agencia Argos & Co. cuyo propietario, Mr. Jason, fue muy amigo del acompañante de la muchacha de las botas rojas y hasta parece que le dio trabajo como guía de excursiones; de esa época son las esteras que hacen las veces de ventiladores; pero antes, todavía antes, hubo un cabaret al que habría que remontar la prosapia de *el palacio de minos*, un cabaret cuya atracción principal consistía en proporcionar a las parejas asistentes velas y una cesta con migajas de pan para explorar las galerías de una antigua mina, llamada *El Edén*, abandonada cuando se agotó el filón de plata; una mina a la que se penetraba, cuando aún era explorada, justamente por ese lugar donde Monsieur N., sin sospecharlo, está sentado. Aturdido con la plática del incansable andaluz Monsieur N. lo despacha por otra botella para quitárselo de encima, abriendo el cuaderno no sin reconocer que la fertilidad de esa imaginación silvestre le da bastante envidia, y anotando: "¿Recuerdo? un libro escrito en el siglo XIII por un ciudadano de Arezzo ¿o de Florencia?, un libro llamado *La composizione del mondo* que se proponía reconstituirlo en una operación geométrica, como se fabricaría verbalmente o en el trazado de un dibujo impecable, una catedral. Aquel reconstructor del mundo soñaba con verlo renacer del caos, una y otra vez, como quien dibuja una isla en una servilleta blanca." Y, mientras el mesero descorcha la botella: "Como aquel fundador de una ciudad maravillosa en medio del desierto, en *La Misión Barsac*, dijo, estoy seguro: 'Soy yo quien de la nada ha hecho esta ciudad... lo mismo que Dios de la nada ha hecho el universo.' Y por un instante muy breve y a la vez infinito, el ingeniero Camaret, fundador de la ciudad radiante, el anónimo ciudadano de Arezzo, Julio Verne y Monsieur N. fueron una sola persona.

Hay un gesto de despedida agazapado en frases de apariencia inofensiva: "no sé si contarte que. . ."; "no puedo creerlo. . ."; "no he querido enamorarme demasiado. . .", alrededor de las cuales flotan imágenes fragmentarias que se esbozan sin articularse. Él y ella suplen a otros actores, los legítimos, sin saberse bien los papeles. El día repta por la calle, vergonzante, como las erupciones virulentas que no acaban de brotar. El sol balbucea indeciso jugando, solo, un furtivo juego inútil. La primera frase de la historia tendría que ser: "Un día ajeno, casi enemigo. . ." o "Claro que se enamoró, claro ¿quién no se habría enamorado?" o "A veces una historia de amor tiene poco que ver con el amor. . ." o "Siempre estuvo, entre un cuerpo y otro cuerpo, esa cosa informulable. . ." o "El día no era sombrío, como hubiera podido esperarse, y el sol, lejos de balbucear, se prodigaba. . ." o "Él y ella, rodeando con palabras obvias esa pequeña fisura que en el mantel blanco, entre las copas, como un tajo perpetrado por la deliberación excesiva de las dos miradas. . ." Después, la historia hilvanaría difícilmente, entre erradas proporciones combinatorias y valencias sueltas, la química propia del desamor: habría cuerpos domésticos y dóciles y cuerpos que, de ser penetrados...; la interferencia furtiva, entre un deseo y otro deseo, de...; la ligereza furtiva de diálogos que aluden, sin volver a formularlo, a aquel aviso ansioso que él, vidente, habría sentido tras la primera euforia; el deslizamiento lento y furtivo de la tarde hacia la noche; las furtivas voracidades y las agresivas ternuras; las soledades mutuamente respetadas; las eternidades efímeras; las fusiones distantes; los efusivos tedios; las impacientes cercanías. El escenario no tendrá que ser descrito porque, inadvertido para los protagonistas, se habría eclipsado. Disociado el paisaje, las figuras (él; ella) desdibujan su pasión en una grisura melancólica que excluye el colorido de los jardines, el rumor del aire, la proliferación de mariposas y cualquiera otra huella palpable de la sucesión de las estaciones, es decir, de la continuidad de la vida. Es verdad que el tiempo asedia, pero es un tiempo furtivo y solapado, que corroe el cuerpo de la historia de tal modo que prácticamente no queda nada que contar. Porque ¿para qué contar la estridencia extemporánea de un timbre

Santa Elena, pequeña isla...

N. Buonaparte, anotación en un cuaderno escolar de geografía.

telefónico que sobreviene justamente cuando. . .; o el recuerdo intruso de un aniversario que cae entre los dos como un meteorito, volviendo grieta la pequeña fisura en el mantel; o la alusión a un viaje próximo que no compartirán, o a amigos que no son mutuos o a tiempos no participados? Contar la historia sería gritar en un espacio donde previamente se hubiera hecho el vacío: sólo quedan gestos erráticos, muecas, una mímica que parodia sin convicción el lenguaje del amor. La agonía es lenta en esta escena furtiva, aborto del sueño, tan improbable como aquel "furtivo acoplamiento" de Pasifae con el bello toro enviado por Poseidón, contado por Virgilio en el Libro VI de la Eneida.

...la nave del Argonauta no abordó jamás aquellas costas... jamás enfilarán hacia allí su proa vagabunda los desgraciados compañeros de Ulises...

Horacio

Puedo haberme equivocado en la descripción de *el palacio de minos*: se trata, quizá, de un bar kitsch lleno de gente silenciosa que se desplaza en cámara lenta, como los fantasmas. Abidján es la capital de Costa de Marfil. Un poco al Sur de la ciudad de Abidján atraviesa una línea imaginaria llamada Ecuador. No sé si esta aclaración bastará para justificar la mención de la palabra Abidján al principio de la historia o si, por el contrario, acentuará una interferencia en el texto que puede seguir pareciendo gratuita. Nada impediría, por otra parte, que todo ocurriera en Abidján, palabra hermosa y sonora cuya *genealogía* ignoro pero que me evoca a Arabia, ese sitio de la infancia que luego desapareció de mi geografía adulta para reaparecer sólo en el título seductor de un libro que no leí nunca: *Aden, Arabie*. Y nada impediría que Abidján se llamara un pequeño puerto ignoto del litoral americano, en aquellas latitudes donde las costas de América, esa gran isla, son bañadas por un mar soñado por Pieyre de Mandiargues: el Caribe. O que se tratara únicamente de una palabra pronunciada por la voz seductoramente ronca, engañosamente seductora, que anuncia la salida y la llegada de los vuelos en cualquier aeropuerto europeo que podría ser, indistintamente, el de Ginebra, el de Roma, el de Munich o uno cualquiera de los aeropuertos de París. ¿Se volverá *el palacio de minos* café de los muelles, *La linterna mágica*, bar kitsch de cualquier trópico (puesto que todos son, por igual, húmedos y tristes) o de una ciudad americana invadida como todas las ciudades de América por la nostalgia de sitios remotos acaso, más que nada, porque América fue, aun antes que la verdad de una localización geográfica, la meta y la meca de todas las nostalgias de sitios remotos, de todos los sueños de Islas? Semejante acumulación de dilemas insolubles me fatiga más de la cuenta y el café, para evitar complicaciones, seguirá llamándose *el palacio de minos*. Mientras me pierdo en estas naderías, Monsieur N. se me adelanta y descubre el parentesco entre *El castillo de los Cárpatos* y *La invención de Morel*, recuerda un poema de Blaise Cendrars donde una isla tiene forma de gato y, sin haberla visitado nunca, sabe que la isla de Elba está llena de pequeñas radas. Monsieur N. acaricia su más reciente trofeo: la edición Hetzel de *El castillo de los Cárpatos* con el hormigueo vo-

121

luptuoso de quien ronda la transgresión sin atreverse a cometerla. La imagen de Faustine, proyectada en la isla de Morel cada vez que la subida de las mareas echa a andar, con la precisión de un reloj, el mecanismo infalible del deseo, se baraja con la imagen de la Stilla, proyección de otra máquina que aflora imágenes desde las cavernas del sueño, una máquina engendrada por el mismo deseo que engendraba, para Orfeo, la imagen de Eurídice emergiendo de las tinieblas de Hades. Monsieur N. se me adelanta también al descubrir que todo Verne es la historia de una historia de amor postergada al infinito, jamás contada, como si ese alargamiento de la expectativa, ese diferir en un estiramiento infinito la tensión del deseo generara el más incisivo de todos los disfrutes: el de anticipar, sin llegar a consumarlo, el máximo éxtasis. La travesía soñada por un niño de once años que pretende abandonar el hogar, como todos los héroes de todos los cuentos maravillosos, en un barco llamado *Coralie* para comprarle un collar de coral a su prima Caroline, es el principio de esa historia que Julio Verne contó sin contarla, sin hablar del amor pero hablando siempre del deseo, gastado en la búsqueda, en la travesía hacia la isla. Monsieur N. no quiere acabar de leer, nunca, *El castillo de los Cárpatos*. Un castillo no deja de ser, después de todo, una isla. Y entonces, de repente, la palabra castillo y la palabra isla se manchan de una bruma melancólica que Monsieur N. asocia de inmediato, sin saber por qué, con la palabra "maravilla", con una excursión muchas veces postergada a Mònt Saint-Michel, abadía-castillo-isla-promontorio, y con un mapa muy esfumado del que sólo se distinguirían ya tres palabras escritas en el espacio reservado a la representación del mar.

Las tres palabras: PEREGRINACIÓN DEL ALMA, se desvanecen cuando la memoria de Monsieur N. es asaltada por la silueta de un velero que avanza a su encuentro desde la página brumosa y muy lejana de un libro: el *Saint Michel*, comprado por Julio Verne en 1865 para emprender, casi siempre en compañía de su hermano Paul, excursiones marítimas nunca demasiado alejadas de la costa francesa.

Un tropel de gestos confusos, trenzados en vertiginoso ballet de abrazos, manos enlazadas, sonrisas, susurros, lágrimas, miradas leves, miradas intensas, miradas tímidas, miradas evasivas, miradas insinuantes, sollozos se prodiga en una escena abigarrada, innumerable como una muñeca rusa o un juego de cajas chinas. Fondo de patio en penumbra y ventana iluminada sobre interior recargado de espejos: irregulares, fragmentados, diminutos y enormes, quebrados, llenan hasta el último ángulo de las tres paredes visibles y reflejan puentecillos, pagodas y volcanes representados en el techo. Una escena tiende a reflejarse en la alucinante fragmentación de espejos, desplazando a otras escenas que a su vez la desplazan: en el pequeño Salón de los Espejos del Hermitage de la Margravina, en Bayreuth, Ludwig y Wagner se encuentran por última vez, en la madrugada del 6 de agosto de 1876. Es imposible escuchar las palabras, barridas por un viento de tormenta o fulminadas sobre los innumerables espejos por el chasquido insidioso de algún rayo. Luces y sombras se suceden y los personajes cambian máscaras:

Hay ahora, sobre la chimenea, plumas de pavorreal dentro de un vaso impúdicamente blanco, que transparenta una pareja de salamandras lunares, y pequeños bronces de cuerpos desnudos y rostros sin rasgos. Una mujer se viste y se desviste para un hombre que la mira. Él sugiere la blusa de crespón, el larguísimo collar de azabache y aquel otro de rombos de cristal malva y de cristal negro, la falda de crêpe de Chine, sombrear los ojos con el velillo moteado, ensayar la blusa campesina, luego las sandalias rojas, sin medias ("porque las uñas de los pies, barnizadas en un rojo bermellón. . .") y nada de maquillaje, pero sí la finísima huella de humo sobre el párpado inferior, y el pequeño vestido rojo Tiziano, y el chal bordado en plata, y las pulseras griegas y la trenza de oro para ceñir el cuello y la túnica. El preludio del juego erótico **transcurre en un silencio grávido de** lo que, sin decirse, está implícito en el gesto de él y en el de ella: dispuesta a ser otra para ser amada, ella se abandonaría al ridículo y aun a la locura; diciendo: "no puedo creer que seas tan deliciosa. . ." él la inventa y lo que de verdad le dice es otra cosa: "estoy enamorado del deseo, no de ti; estoy enamorado del amor".

Oscurecimiento. Cuando el rectángulo de la ventana vuelve a iluminarse, han desaparecido plumas de pavorreal, estatuillas y salamandras. En su lugar, el decorado olvidadizo de un sitio frecuentado por breves parejas impacientes. Se oye decir: "Dime cómo te gusta. No sé nada de ti." Música de supermercado. Bastante lejos, una imagen del verano, del océano, a la que habría que acercarse. La mujer pelirroja, en el vestíbulo, lo ha invitado a bailar. En el bar kitsch que prolonga el lobby, decorado a la española, lleno de gente silenciosa que parece desplazarse en cámara lenta y que mira con curiosidad al hombre que espera, han tomado una copa. Por un rato, ha sido el hombre que se sienta en el lobby de un hotel y espera. Esperó a una jovencita que, por la mañana, había elegido el mismo tour para conocer la

. . .y habrían querido vivir para siempre como dos Robinsones en aquel pequeño rincón que, en su beatitud, les parecía el más hermoso del mundo. . .

Flaubert, *Madame Bovary*

Gaaldine, una gran isla recién descubierta en los Mares del Sur; Gondal, una gran isla al Norte del Pacífico.

Anotación manuscrita de Anne Brontë, en la última página de *A grammar of general geography* de Goldsmith.

ciudad. La mujer pelirroja ("no es mi tipo, pero tiene su estilo") se acercó con el pretexto de encender un cigarrillo. ¿No le gustaría hacer el recorrido nocturno de la ciudad? La pelirroja se ríe con una risa que no le corresponde y dice algo incoherente sobre toques eléctricos y sensaciones fuertes. Sin ninguna razón, la identifica con la muchacha que ayer, todavía en Philadelphia, casi lo asaltó, llorosa, en la puerta del consultorio. Le bastó verla para decir: "esta muchacha necesita mucho que la quieran". Sobre las palabras de la pelirroja que sugiere irse a cenar a la Plaza Garibaldi, desfilan imágenes de casas vacías, clausuradas por una epidemia; edificios rotos; vecindades de fachada indefinida; calor; pulquería *La encantadora*; borracho que hace gestos incomprensibles y lo mira, sin verlo; ociosos que dirigen miradas lúbricas a mujer pelirroja. Error: la pelirroja no entra en escena. Hará lo posible: "Dime cómo te gusta. No sé nada de ti." Lejana insistencia del océano. Empieza a tener demasiado sueño. Quizá si se dejara dormir luego, al despertarse... Corte a cuerpo de mujer desnuda que la ventana enmarca ahora, frente a los múltiples espejos:

cuerpo dilapidado de una mujer desnuda.

Historia de una mujer sola, que se propone suicidarse: El cuerpo es un cuerpo dilapidado. La mujer está desnuda. El cuerpo usurpa un espacio que tendría que estar vacío. La mujer sabe que su cuerpo, dilapidado, usurpa un sitio que no le corresponde. Una mirada irreconciliable le devuelve la suya, desde los espejos. Su mirada sobre el cuerpo desde el cual emerge la mirada como desde una fatiga inveterada, ancianísima. Con cierto terror, sin piedad, mira ese cuerpo solo que ha sido su cuerpo. Mira una blanda porosidad lívida, desde siempre tan inocente de su deseo. Un automóvil avanza sobre los espejos, a toda velocidad. Silencio, a pesar de que se rompen ostentosamente y ella camina descalza, encima de las astillas lacerantes. *De profundis.* El conductor del auto que avanza, a toda velocidad, sobre la arena, le introduce una pistola en la boca, hasta casi ahogarla. Es un juego. Ahora es ella la que conduce el auto, patinando en el mismo lugar, sin avanzar nada, en el vértigo fascinante de un remolino inmóvil. Todo habrá terminado al amanecer. Dos días después, cuando la en-

¿Qué isla es ésta, triste y negra? Es Citerea...

Ch. Baudelaire

127

cuentran en un charco, en medio de su propia orina, todavía respira. En el cuarto del hospital, completamente sola, se deja manejar con docilidad abyecta por las enfermedades. El cuerpo violado, traqueteado, manipulado, tocado sin amor, se resiste todavía a abandonarla. Es un sentimiento ambiguo, casi tierno, el que orienta a la mano, una mano suya, que busca, entre los vendajes, la piel. Sorprendida de ese gesto amoroso, sonríe como si se hubiera vuelto muy sabia y muy paciente y se deja hacer.

La ventana, al fondo del patio, sigue siendo la misma. Mobiliario impecable, de cueros suavemente curtidos, alfombra generosa y aluminios sugieren oficina propia para episodio apremiante y encuentro efímero. La presión de otro tiempo y otro espacio sobre movimientos torpes que simulan ansiosa voracidad, hace las veces de intenso intercambio apasionado. Pero basta un mínimo descuido de los protagonistas para que, al sobreactuarse, el revés de la escena se muestre y los movimientos se congelen. Ella sugiere que podrían intentarlo, otra vez, en la cama. La voz masculina disimula mal un hostil resentimiento: "Te lo dije.

Te dije que tenía poco tiempo." Fin de episodio con ritmo acelerado, cómico, de película muda de los treintas.

En la penumbra del patio, es difícil discernir la verdadera naturaleza de un personaje que se lleva el índice a los labios, sugiriendo la conveniencia de guardar silencio, ponderando las virtudes milenarias de las palabras que no llegan a pronunciarse. Es inútil. La profusa manía de narrar derrota, una y otra vez, a las discretas proezas del secreto. "No somos una pareja" dice una voz iracunda, renunciando a ese pudor que difiere infinitamente la verbalización del desamor. Antes de suplirlo con otro, piensa, ha puesto entre los dos calles y calles multitudinarias y toda la recalcitrante insularidad de Manhattan. Hay una monotonía exasperante en los días exhaustos de cualquier episodio que expira: ninguno de los dos sabe decir la última palabra. Detrás de la agraviante hosquedad del silencio está ninguna parte, un sitio de aguas tumultuosas, más allá de dos columnas regordetas de yeso rojo.

...y yo que quise hacer un paraíso terrestre... que los reyes se reúnan en su isla...

Ezra Pound

...casi debajo del polo Ártico está la isla que se tiene por última en el mundo...

Cervantes, *Los trabajos de Persiles y Sigismunda*

"La isla flotaba en el horizonte, rodeada de un nimbo azulado y brumoso. Una vagarosa neblina brotaba del mar y la ceñía. La isla levitaba en el horizonte como un espe-

129

jismo. A veces, anclaba cerca de la costa y sólo había allí una casa con techo de dos aguas y un huerto. Desde arriba parecía de juguete, en el mar de un rompecabezas. Han llegado unos forasteros para instalar una feria enorme, un gigantesco parque de diversiones. Desnudez perturbadora, página en blanco. Y siempre la tentación de explorarla, de dibujar un mapa ¿o un laberinto? en la blancura de la página." Sabe que escribe vaguedades y le divierte imaginar qué ocurriría si ese *Diario*, cada vez menos parecido a un verdadero *Diario*, se le perdiera en el autobús o en el tranvía de su trayecto cotidiano: en manos de la policía, de un experto calígrafo, objeto de toda clase de especulaciones, sería la comidilla de los reporteros a caza de noticias y los periódicos hablarían de mensajes cifrados, de códigos secretos, de espionajes y de enigmas. Monsieur N., personaje de película de la segunda Guerra Mundial, se instala en sitio convenido para cita de agente secreto con enlace, bella muchacha que, en otra mesa, bebe cocteles helados con hombre de sweater color café oscuro. En el parque, afuera, inminencia de tempestad. ¿Y si el *Diario* no fuera más que la inminencia de algo que siempre estaría a punto de ocurrir sin llegar a, de algo que no acabará nunca de revelarse? ¿O si disimulara simplemente un libro con tres capítulos dispersos en una secuencia caótica de notas de lectura: I La Isla II La pareja III El naufragio o I La pareja II El naufragio III La Isla o I El naufragio II La Isla y III La pareja? Monsieur N. acaricia el contorno de su islita en la servilleta blanca. El camarero no le hace caso. Pero la muchacha dobla un periódico en cuatro y lo coloca sobre la mesa. No hay duda: se trata de la señal convenida. Afuera gime la tormenta mientras ella busca refugio, en su compañía, dentro de la tibieza aterciopelada de una caverna, que es el bar del único hotel de una isla de los Mares del Sur. La muchacha, de cabello rubio muy rizado, es Joan Crawford. Baila charleston. Hay un portal a la entrada del hotel y una veranda al fondo. La película se llama *Rain* y es explicable: mientras dura la filmación no para de llover. La chica y él son pasajeros del mismo barco, el *St. Michel,* detenido en cuarentena por una epidemia de cólera. Un calor pegajoso se adhiere a la piel, que empieza a repugnar un poco como corteza de pan mojado, mientras el barman prepara más y más cocteles helados y empiezan a mecerse en el cielo silenciosas esteras de paja que podrían ser también ventiladores de aspas. En los ratos despejados, se organizan excursiones para visitar la entrada del averno, que los nativos llaman Batu-Ribn, y que sólo por presunción ubicaron los ancestros del señor Ivo cerca de Nápoles. Error explicable, justifica Monsieur N., si se piensa que la islita donde llueve tanto no estaba en ningún mapa aquel día en que Eneas, como estaba previsto, se tropezó con la Sibila. Las excursiones al Averno se alternan con otras a una isla vecina donde, encaramado en una montaña, se encuentra el Paraíso, paseo doblemente excitante por las dificultades que supone la localización de una islilla que flota a la deriva en el Océano. El hotelito de la isla lluviosa se llama, por supuesto, *el palacio de minos.* El dueño, un italiano dado a la superstición, habría colgado entre dos cuernos, sobre la entrada, una ristra de ajos para alejar el infortunio y los vampiros. Los pasajeros del *St. Michel*, obligado por la cuarentena a alojarse en el único hotel de ese islote que cualquiera puede recorrer en diez minutos, matan el tiempo bailando charleston. Ence-

131

rrados sin otra opción, en el hotel, empiezan a consumirse en un implacable aburrimiento que las excursiones no consiguen remediar, al perder los dos únicos puntos de interés turístico el atractivo que sólo conservan los lugares y las cosas cuando permanecen inaccesibles. Ahora hablan de visitar esa feria que unos forasteros seguramente enajenados están instalando, a pesar del diluvio. La escena se repite una y otra vez porque la cinta se rompe siempre en el mismo lugar y hay que recomenzar la proyección. Repetir una misma escena, *sans suite*, es el más infalible mecanismo de la angustia. El charleston, en ese contexto repetitivo, remeda un réquiem a la vez escabroso y patético. A Monsieur N. le encanta su película y se deja emborrachar ligeramente con la tristeza de una despedida subrayada por la frase: "Fue una bella ilusión. . ." que él mismo le dice al barman mientras le prepara otro coctel, y hay un limpio deslizamiento hacia escena de muchacha un poco llorosa sobre cubierta de barco que se aleja del contorno sinuoso de una isla cada vez más perdida en el horizonte.

Si pudiera contar lo que está pasando esa tarde en *el palacio de minos* lo llamarían mitómano, dirían que eso le pasa por andar viajando sin tino por las páginas de *National Geographic* o por buscarle los tres pies al gato de la cultura. Y sobre todo ¿a quién podría contárselo? El camarero, distraído, no le hace caso. ¿Y la muchacha? ¿Seguirá lloviendo afuera o todavía no habrá empezado? En el aspecto de la pareja leyó la inminencia de la tormenta. De eso, por lo menos, está seguro. Quizá fue entonces cuando Monsieur N., al escribir: "Después de todo ¿qué es la Utopía sino el discurso racionalizado del deseo, un metalenguaje del amor?" imaginó que, una vez constituido el cuerpo singular e intransferible de su *Diario* volvería sobre él, sobre toda esa fruición de escritura, y construiría encima otra, la bordaría como quien dice sobre el diseño de ese canevas que ahí quedaría de todas maneras, debajo de lo otro, recorrido por ráfagas, vivo, respirando. Y creyó recordar que en algún momento, al principio (¿de qué?) hubiera podido acaso escribir un ensayo, sobre Rousseau y Hobbes (¿quién lo hubiera impedido?), sobre Verne y William Golding o mejor sobre la inocencia y el pecado de desamor o, más aún, sobre la violencia y la culpa, o la transgresión, o el paraíso y el infierno, o la muerte de Dios o el fin de la Utopía: una reflexión lúcida encomendada al patrocinio del abuelo Montaigne, un saludable duelo verbal entre sujeción y rebeldía, impugnación y despotismo. Lleva siete meses de registrar, con paciencia digna de mejor causa, ese maratón de palabras suscitado por la lectura y va y viene como barquita de papel en la tempestad de un vaso de agua entre la principesca sensación de poseer el mundo y la aniquiladora sospecha de no ser nadie. ¿De qué le sirve atesorar con celo informaciones que no lo llevarán a ninguna parte? ¿A quién podrá comunicarle que Mrs. Aphra Ben procreó al "buen salvaje" en una de las islas británicas cien años antes que Rousseau o que el salvador de Critilo en el *Criticón* hispánico de Gracián los prefigura a ambos? ¿A quién le importa su descubrimiento de que el naufragio es tan indispensable a la utopía como el cataclismo a la nueva cosmogonía? ¿Quién querrá acompañarlo en esa aventura de reinventar al mundo que viven un niño y una niña, náufragos y únicos sobrevivientes, en aquel poema heroico traducido del hindi por M. Mo-

133

rely en 1753, llamado *Basiliada del célebre Pilpai* o *Naufragio de las islas flotantes?* La formulación misma de tales dudas es ociosa puesto que, a medida que ha ido acumulando tan furtivas erudiciones, Monsieur N. ha renunciado naturalmente, sin proponérselo, obedeciendo a un oscuro impulso, a no enhebrar con ellas nada más que ese registro cotidiano de una precaria navegación *in situ* que es su *Diario de viaje*.

En el Instituto están de vacaciones y el propósito original de elegir textos de Verne para hacerlos traducir por sus alumnos se pierde, como él mismo diría con una de sus frases favoritas, "en la noche de los tiempos". Si recuerda que alguna vez, *in illo tempore*, habría podido fabricar un opúsculo serio, algo razonable, inteligente, importante, algo que seguramente lo hubiera rescatado de su condición oscura de profesor de francés en un puerto ocioso y fatigado del trópico, de su ávida soledad, de su inútil afición por el vino y el queso parmesano, ya no le importa. Acaricia la islita que ha dibujado en la servilleta como le encantaría hacerlo con la muchacha de la mesa de enfrente. Con ese pequeño placer le basta. El *Diario* no tendrá fin: ese *Diario* que es la sombra de su cuerpo, pero sin pies ni cabeza, ese registro de lectura que se come sus días y le roe las noches y amenaza con no dejarle un espacio en blanco para vivir, ese *Diario* proliferante que en vez de revelar su identidad la disimula cada vez más vertiginosamente. ¿Cuándo habrán colgado en la pared un cartel que anuncia el estreno de *Lorenzaccio?* La cabeza le da vueltas. *"Es Schwindelt"*, murmura, por quién sabe qué remoto atavismo que, cuando habla solo o cuando sueña, le revive una lengua que hace tantos años no habla con nadie. Debe ser el calor.

Los ventiladores no se mueven y la humedad pegajosa que viene de afuera se adhiere al cuerpo como un montón de mosquitos.

Y *yo* vuelvo al punto en que digo: "voy a contar una historia" con la fascinación y el miedo de regresar a una escena primitiva. Escena primitiva: ¿matriz de todas las demás, que las concibe y las engendra? ¿deseo ajeno del que uno está, para siempre, marginado: escena que condena al voyeurismo y establece el modelo del triángulo? ¿o alusión a la imagen de Dios profiriendo el mundo, su discurso? Porque es entonces cuando de verdad se levanta el telón y empieza la función y pretender contar una historia es remedar, sin éxito, aquel deseo de Dios: remedo siempre patético que cada historia segrega, como la sensación de lo intraducible, en el espacio donde se despliega. Pienso en mi abuela, sabia Scheherezade, que postergaba al máximo la satisfacción de mi deseo contándome, sin contar nada, "el cuento de la buena pipa". Me avergüenza mi intento desesperado de contarlo todo. Y a la vez recuerdo a Sócrates diciendo en *El banquete*: "es necesario, para que haya deseo, que al que desea le falte la cosa que desea". Contar una historia es embarcarse en una nave de palabras para viajar a Citerea. Un aura de anticipación rodea de éxtasis y de duelo la escena pintada por Watteau con los indelebles colores de la melancolía y el nombre de Eros, "¡Oh, Eros!", revolotea sobre un viaje que es el arquetipo de todos los viajes. Escena primitiva de la que se desprenden todas las demás escenas: la que se configura cuando el deseo de alguien dirige el movimiento de una mano que traza el contorno sinuoso de una isla sobre una servilleta blanca.

Cada tarde se repite la misma tarde en *el palacio de minos*. Monsieur N. se ha dejado crecer la barba, diciéndose que lo hace sólo por no robarle ni el más mínimo tiempo a las visitas que ahora realiza cada mañana a la hemeroteca, aprovechando las vacaciones del Instituto, pero lo cierto es que le complace muchísimo parecerse cada vez más a la imagen, muy siglo XIX, del viejo marino nórdico oteando, desde el puesto de mando, la inminencia de una tempestad. Le asalta la sospecha, por momentos, de que se moriría pronto, quizá de aburrimiento, si se viera obligado a abandonar su maniática pesquisa. Es una fortuna que en su mesa haya tan buena luz para escribir, mientras que la mesa de la pareja flota en la penumbra. La locura de Monsieur N. empieza a trascender los pequeños límites territoriales de *el palacio de minos* y no es raro que cualquier desconocido lo detenga en plena calle para contarle historias más o menos peregrinas que tienen que ver con islas. Al *Islario* se añade "Historia narrada por misionero recién llegado de Polinesia" y, en seguida, "Historia aparecida en diario local, el 29 de agosto de 1976." El misionero ha fingido un encuentro casual, pero a Monsieur N. le consta que venía siguiéndolo hacía más de tres días para comunicarle, misteriosamente, que en una isla de los Mares del Sur vio con sus propios ojos cómo eran abandonados a su suerte, sin víveres, más de un millar de presos políticos. La noticia del 29 de agosto pasa, tal cual, a la página 124 del *Diario,* bajo el epígrafe: ISLAS: *¿Paraísos?* Se ha robado el recorte del periódico con el placer inconfesable de quien sustrae un libro de una librería muy vigilada, un ambiguo placer mezclado de desazón, y lo adhiere cuidadosamente a la página en blanco con la ayuda de un Pritt que acaba de comprar en la papelería de la contraesquina:

Suicidios por Tedio en una Isla

SYDNEY (ANSA).—La isla Kangaroo es un paraíso para los cien mil turistas que cada año llegan a ella con la nave que los trae, en breve viaje, desde Adelaida, capital de Australia del Sur.

En ella hay una flora y una fauna rarísimas (incluyendo focas), hay playas maravillosas y aguas transparentes. Se puede nadar allí desnudo y pescar enormes cantidades de peces.

Pero, para los jóvenes, que representan el 30 por ciento de los 35,000 habitantes de la isla, este paraíso es en realidad un infierno del que se puede salir solamente abandonando la vida. La isla no ofrece en efecto ninguna diversión a los jóvenes. Ni siquiera hay cines. Entonces optan por vencer el aburrimiento cumpliendo actos de vandalismo o lanzando los autos a velocidades alocadas a lo largo de los caminos o en las pistas de las playas.

Las autoridades del lugar opinan que los jóvenes de la isla Kangaroo aspiran al suicidio como liberación de un paraíso sin meta. En los últimos seis meses de este año, 36 jóvenes se mataron tras emprender sus carreras automovilísticas endiabladas completamente borrachos.

Entre los suicidas figuran también dos jóvenes que se mataron usando el conocido sistema de la "ruleta rusa". Otros dos jóvenes, de apenas 18 años de edad, se ahorcaron.

El alcalde de la isla afirma que pedirá ayuda ahora a clínicas siquiátricas del Estado para controlar esta alarmante ola de sucidios. Dijo también que habrá que tratar de devolver a la juventud lugareña una conciencia acerca del significado de la vida, convenciéndola que vale la pena vivirla.

Pero no es todo. El camarero le reserva una sorpresa. Un paisano suyo, poeta, enterado de la enfermiza pasión de Monsieur N., le envía algo que espera será de su agrado. Un poco fatigado, no puede resistirse sin embargo a hojear, curioso, el regalo: un tratado sobre los maestros sufís en cuyo índice el generoso donante ha subrayado en rojo un capítulo acerca de *"fábulas sufís sobre la condición humana"*. Y es que la primera de esas fábulas parece dedicada especialmente a su vicio más ostensible; se llama *"Los isleños"*. Leyendo con voracidad, la va resumiendo a la par que la lee, sin dejar espacio alguno entre la noticia que acaba de pegar en el papel y el relato, que parece caído del cielo: "Había una vez una comunidad ideal que vivía en tierras lejanas: El Ar. Sus miembros no tenían temores como los que nosotros conocemos. Cuando el líder de aquellos privilegiados descubrió que iban a perder el paraíso porque durante veinte mil años la región se volvería inhabitable, les buscó refugio y descubrió una Isla. La Isla se parecía a El Ar pero no era igual: aquellos seres felices tuvieron que adaptarse. Para mitigar el dolor de la pérdida, el sabio gobernante les proporcionó un segundo refugio: el olvido. Un vago recuerdo les sería preservado, sin embargo. Era el recuerdo de la Edad de Oro, del paraíso del que habían sido expulsados antes de llegar a la Isla. Allí se les programó para el placer, para desear sólo lo que las condiciones de la Isla permitieran satisfacer. El recuerdo del Paraíso suponía, no obstante, otra alternativa: la de salir, algún día, de la Isla.

Algunos iniciados recibieron el encargo de preservar un saber secreto que, llegado el momento, resultaría esencial: la natación y la construcción de barcos.

Hasta que un día un hombre, que no poseía las cualidades necesarias para ser instruido en el saber iniciático, juró vengarse y tomar el poder. Convenció a los demás de la inutilidad del aprendizaje de la natación y de la construcción de barcos: bastan, les dijo, unas cuantas reglas elementales para sobrevivir, integrados, dentro de la Isla. Ningún barco de los que partieron hacia otras tierras había regresado y los nadadores que habían podido volver se tornaban invisibles para la mayoría. El nuevo líder encabezó así una revolución al grito de: 'Mueran los artesanos constructores de barcos.' Lo revolucionario era lo simple, lo que todos podían entender, y eso era en consecuencia lo racional: lo que correspondía a las condiciones concretas que prevalecían en la Isla, sin complicaciones, sin MÁS ALLÁ. Construir barcos era innecesario, y, por tanto, irracional, porque *no había a dónde ir*. En cambio, era aceptable y racional comer carne humana, puesto que es a la vez alimenticia y comestible.

La *Gran Enciclopedia Universal de la Isla* sintetizaba la nueva concepción revolucionaria del mundo. Las definiciones de *Barco* y *Natación* daban la clave para entenderla. *Barco*, decía, es un vehículo imaginario en el cual los impostores sostienen que es posible 'cruzar el mar'. La manía de construirlos es una forma extrema de locura, puesto que no hay en la Isla materiales impermeables ni, mucho menos, la prueba de que exista un destino más allá de sus costas. La *natación* es un método engañoso que conduciría, supuestamente, a abandonar la Isla y a trasladarse a otro lugar fuera de ella. Se trata, evidentemente, de una aberración.

La Isla, que había sido el refugio concebido por el viejo líder como transitorio, se había convertido en prisión cerrada por los barrotes del mar. Satisfechos de sus límites, escudados en las certidumbres de lo ÚTIL, lo BUENO, lo CIENTÍFICO, los isleños rechazaban todo lo que no entendían como lo MALO y lo IRRACIONAL. Surgieron idolatrías y cultos y centros depositarios de la VERDAD ÚLTIMA, aunque ya nadie se acordaba lo que significaba esa aspiración, lo mismo que habían olvidado qué era un 'nadador' o un 'constructor de barcos'. Había nadadores sobrevivientes, a pesar de todo, que se las arreglaban para trasmitirse el saber oculto y prohibido. Y con el tiempo algunos ciudadanos 'normales' empezaron a buscarlos, al institucionalizarse un nuevo culto, el de la duda. Aunque se practicaba sólo como un exorcismo: se 'hacía como si se dudara', para alejar el fantasma de las interrogaciones inquietantes acerca del destino de la Isla y de sus pobladores.

Se pensó en aprender a nadar y, eventualmente, en salir de la Isla. Pero el peso que los isleños querían llevar a cuestas no les permitiría sostenerse a flote: en vano trataban de convencerlos los instructores de que en la otra isla los aguardaban más ricas golosinas. Ellos insistían en cargar con sus coles."

En una desazón muy explicable dada la naturaleza de sus dos últimos hallazgos, Monsieur N. respira hondo y especula: "Aunque me juren que el autor de este libro es Idries Shah, yo creo que se trata de un seudónimo de Borges. Ahora recuerdo haberle oído citar una vez, en aquella entrevista que trasmitieron por radio, un poema medieval inglés que decía más o menos: 'Todos los barcos son islas de terror, islas de miedo...' Sea como sea, Idries Shah o Borges me han enseñado mucho. Y les rindo homenaje."

Cubierta la cuota diaria, puede mirar de reojo a la pareja que bebe en la penumbra cocteles helados para comprobar que ocupan el sitio que dispuso el destino y enternecerse un poco al formular, en silencio, tan solemnes palabras. Cada cual, piensa, representa mal que bien su papel. Con parsimonia, dibujando muy bien las letras, prolonga el disfrute del deslizamiento de la pluma sobre el papel cuadriculado; "Hoy, mientras caminaba por los muelles, vi anclado un hermoso yate de placer llamado *El*

Seductor. Yo lo habría bautizado *Saint Michel.* Me quedé un buen rato mirándolo. Había sobre los pilotes, sobre los barcos, un exceso de gaviotas. Tuve la sensación, allí sentado, de estar contemplando una película proyectada desde una cabina invisible. Fue extraño aunque pensándolo bien no creo que *extraño* sea la palabra adecuada; tendría que decir que fue, a la vez, desconcertante y muy placentero. Como si el mundo fuera un enorme cine. Como si yo fuera, a la vez, espectador y personaje. Hay días en que uno está propicio a los descubrimientos. Pensando en Joyce cuando enseñaba inglés en Trieste me acordé de Ulises. Pero lo más sorprendente es que debería decirlo de otra manera: porque yo me sentía Ulises pensando a Joyce." Hace una pausa. "Empiezo a temer, no sin cierta nostalgia anticipada, que la pesquisa esté llegando a su término. Aunque valdría lo mismo decir que no terminará nunca. Sospecho, al consignarlo, que estoy desvariando pero los hechos son los hechos: han sido formuladas más de 3 mil utopías (3 mil como las ninfas, hijas de Océano y de Tetis) y son 500 mil las islas, no consignadas por supuesto en los mapamundis, pero de cuya existencia dan fe las cartas de navegación de todos los barcos que, en este mismo instante, recorren cada uno de los océanos, los golfos y los mares interiores. Me he propuesto una meta inalcanzable." La muchacha de las botas y el hombre del sweater marrón lo miran, mientras él escribe con la seguridad de quien traduce, sin vacilaciones, de un idioma muy conocido: "La historia, cualquier historia, está metida en otra historia y encierra a su vez a una tercera que, llegado el momento, parirá a otra más, en una genealogía catorce veces repetida al infinito. Contar la historia de una pareja es contar la historia de otra pareja que es otra historia y es la misma. Renunciar a contar una historia de amor es renunciar a contar, porque contar lo que sea es ya contar una historia de amor: el deseo engendra el relato, como Abraham engendró a Isaac e Isaac engendró a Jacob." Monsieur N. sonríe levemente, diciéndose para sí que apenas en pequeños detalles como ése aflora su propia, remota, genealogía. Luego: "Decir que el deseo engendra el relato es decir que engendra la utopía, que es decir que engendra la Isla." Y entonces, obedeciendo a una compulsión que no puede ni quiere inhibir: "*Isla*: espacio imaginario del discurso, emerge del caos cada vez que alguien sueña: cada vez que alguien dibuja su contorno sinuoso en una servilleta blanca." Lúcido como nunca, con esa lucidez de la pasión tanto más lúcida que la lucidez que no ama, registra las palabras que se precipitan sobre él con la inminencia de una avalancha: "*Isla*: suma de todas las improbabilidades: embriagadora improbabilidad de la ficción. *Isla*: imagen del deseo. *Archipiélago*: proliferación del deseo. Todas las islas formuladas por los hombres y todas las islas que se localizan en los mapas configuran un solo archipiélago imaginario: el archipiélago del deseo. Es una archipiélago en infinita expansión. Todos los textos, todo lo que ha sido escrito hasta el instante en que escribo estas palabras dibuja la imagen de esa cartografía del deseo. Todos los textos son islas. Nombraré las islas. Me embriagaré de sus nombres. Poseeré, en sus nombres, el cuerpo de todos mis deseos, el objeto desmesurado, inalcanzable, de mi deseo. Navegaré por fin. Sirio y Arturo me guían. Navegaré sin sextante, ni astrolabio, ni brújula. Invocaré, con Píndaro, las noches y los mares pero también invocaré la luz, propicia a los navegantes. Nombraré las islas. Diré: "Yo te conjuro ¡Oh Isla!":

Atlántida, isla, reintegrada al regazo amoroso y devastador del océano; cuna de la pareja fundadora: Aztlán de las siete cuevas y los jardines flotantes, que dejaste partir en larga peregrinación a los mexicanos, tus hijos, hacia otra isla: Tenochtitlan; verde Groenlandia de Erik el Rojo; Brasil, que brotaste del mar una mañana de 1435, al sudoeste de Irlanda, para esfumarte en seguida; Cipango de Martín Alonso Pinzón; Gotland, isla en el golfo de Finlandia; cuna de King Kong: Skull Island; Montaña Cósmica, isla, emergiendo del agua primordial; Antilia inventada en 1367 para que mil y un días la soñara Cristóbal Colón; Dia y Naxos, donde Ariadna conoció la muerte y el triunfo del amor; tristes, profundas, diabólicas ínsulas de Amadís de Gaula; de divinos nacimientos: Creta y Delos; Laputa habitada por locos, isla voladora; Frislandia y Thule, la Última, cunas de Persiles y Sigismunda; isla que negaste a Gilgamesh la inmortalidad; Isla de Pájaros, que rechazas a los poetas; Malfado de Palmerín de Oliva; blanca Leuce, depositaria del cuerpo de Aquiles conducido con amor por Tetis, su madre; Avalon de tan arduo acceso, *Insula Pomorum* de Morgana y el rey Arturo; delicada, suave isla donde Petrarca supo del infierno de amor; Eea de extrañas nupcias incestuosas; bestiales islas de mujeres que devoran sin piedad a los intrusos; de hermafroditas, de buenos salvajes, de plantas carnívoras, de sabios que rechazan las tentaciones de la navegación, de filósofos que todo lo producen por artificio, sin concurso de la naturaleza; islas donde copulan humanos y bestias; isla del gigante dormido y de la mano de Satanás; isla que, en el sueño de un chamán samoyedo, engendra el Árbol que engendra la vida de todo lo que vive; Hespérides de manzanas de oro vigiladas por la serpiente que se muerde la cola; Isla de Hiperbóreos que eligen la muerte cuando la felicidad, excesiva, los abruma demasiado; hermética isla alquímica donde sobrevuela, en el signo de Aries, el pájaro de los filósofos; Bikini, atolón, borrado de los mapas en la primera explosión atómica; islote de cipreses que recogiste, en Ermenonville, las cenizas de Rousseau; Krakatoa, reducida a su sombra el 27 de agosto de 1883, cuando un volcán

como un millón de bombas de hidró-
geno dispersó tus partículas en 350 millones de kilómetros: Krakatoa, isla,
que desapareciendo te volviste resplandor y durante 700 días irradiaste un
fulgor inusitado, en el mundo entero,
sobre las puestas de sol; Insola Firme,
refugio de Oriana, y todas las Islas de
Amor; remotos reinos de Otro Mundo, sin más acceso que el río de la
Muerte; alegóricas islas del *Roman
de la Rose*; Isla de la Pasión frente
a la costa de otra isla: Cozumel; San
Jorge y San Miguel, islas; isla de una
sola torre con una sola ventana, prisión de Lancelot; laberinto, isla, cos-
mos trazado en el caos; islas donde
reina la justicia y múltiples islas infernales; alfombra islámica de oración,
isla sagrada en el espacio profano del
mundo; escarpadas islas, con una sola
salida, de Diódoro de Sicilia; bárbaras,
nevadas, fogosas islas de Persiles y
aquellas habitadas por lobos y por er-
mitaños; Aldabra y Galápagos, tumbas
de tortugas gigantes; estrellas de Oro,
archipiélago de la Noche, firmamento
del Barroco; isla de los Sueños que se
aleja más cuanto más se le aproximan;
Serendib y cada una de las innomina-
das islas de Simbad; deleitosas e infer-

nales islas de Bernardo y Angélica la Bella; islas a las que tienen acceso, en naves de encantamiento, la infanta Isamberta, Orlando, Amadís de Grecia, el príncipe de Creta, el emperador Trebacio, Reinaldos, Olivante de Laura, el Caballero de Cupido, el príncipe don Duardos, Esplandián, el Caballero del Sol, Florambel de Lucea y Lisuarte de Grecia; Syrtlingur, islote, barrido por una tormenta; Madagascar, cementerio de camaleones y del Ave Roc, que transportó a Simbad a las montañas de diamantes; Surtsey, joven isla, nacida el 14 de noviembre de 1963 cerca de Islandia; miliunanochescas islas de Alcanfor, de Ébano, de Al-Uaku-l-Uak; escala de los argonautas en su travesía hacia el vellocino de oro: Lemnos, dueña de un laberinto; conciliadora Serenia de Hermann Melville, donde conviven la razón y el mito; Midway, donde los marines exterminan al albatros; Isla de la Inmortalidad dibujada por Gracián, en un piélago de aguas oscuras, es decir, de tinta; isla de los cisnes, cerca del puente de Bir-Hakeim, en el Sena; Barataria ¿última ínsula?; mirador de Venecia, San Giorgio, creada para que el sol pueda ser visto, poniéndose, encima del naufragio inminente; paraísos de Dante y de San Isidoro de Sevilla; Madeira, isla; Sicilia, bañada en la luz misteriosa del sueño de Minos, que persiguió hasta allí el sueño de Dédalo; islas: luces nocturnas en medio de todos los océanos; terribles islas de Arthur Gordon Pym, acechadas por una blancura inexplicable; Strómboli, boca por donde la tierra escupe sus entrañas; Pago-Pago y Santa Lucía, promontorios verdes, como la materia prima de la Obra, como la raíz de todas las cosas; montañosa Moorea azulada, en el agua turquesa del Pacífico; isla: colonia penitenciaria donde los condenados mueren en éxtasis con la sentencia tatuada en la piel por las más finas de todas las agujas; veintiún islas visitadas por Pantagruel; parque triangular lleno de castaños, Place Dauphine, pequeña isla en Île de la Cité; Lanzarote y otras seis Islas Canarias; placenteras islas que propicia Fénelon en el mapa de viaje de Telémaco; islas Mauricio de Pablo y Virginia, malditas por la agonía del dodó de plumas rizadas, demasiado grande ya para volar, hermoso y vulnerable como un gran juguete expuesto a la cruel diversión de los hombres, de los cerdos y de los monos; olvidadas islas del Mar Jónico, pobres en leyendas con la excepción de Ítaca, que engendró a Ulises, donde las ninfas siguen urdiendo en sus cuevas telas inmortales de púrpura marina; Isla de Pelícanos, frente a la costa de Lousiana, sobrevolada por el ibis de ébano; innumerables islas, una de ellas de oro, visitadas por San Balandrán; Komodo del dragón; Isla del Ídolo en la laguna de Tamiahua; Venecia, isla, centro sagrado del mundo cuando el Patriarca se sienta en el trono de San Marcos, labrado con el Árbol de la Vida y los cuatro ríos del Paraíso; St. Pierre, islilla, en el lago de Bienne; Ceilán en cuya montaña más alta está la huella del pie de Adán; Lincoln del capitán Nemo; Janitzio en el lago de Pátzcuaro; Isla de las Serpientes en Chapala; Bimini de la Fuente de la Juventud; Infortunadas, islas; California, isla hasta las postrimerías del siglo XVIII cuando dejó de serlo para siempre por decreto del rey Fernando VII; memoriosas islas de Odiseo: la última divisada al principio del periplo, Citerea; Eólica del céfiro engendrado por la cópula de Aurora con el rey de los vientos; mágica Acae, encantada isla de la hija del Día y de la Noche, Circe, madre de

Telégono que dará muerte a su padre
sin saberlo como luego Edipo matará
a Layos; refugio de las Sirenas donde,
como los poetas, escuchará sin perderse
la seductora melodía de los abismos;
ombligo y confín del mundo: Ogigia,
que lo retendrá siete años para que
Calipso pueda ofrecerle, en vano, la
inmortalidad; once mil Vírgenes, islas;
Vancouver, isla; Célebes, islas; Luzón,
isla; Córcega, isla; Rakata, isla; Fidji,
isla; Hébridas, islas; Kerguelen, isla; Inaccesible, isla; Triebschen, isla; Azores,
islas; Borneo, isla; Nikau, Kuai, Oahu,
Molokai, Cauai, Maui, Kahoolawe, Ha-
waii, islas; Marquesas, islas; Salomón,
islas; Pascua, isla; Martinica, isla; Nueva Guinea, isla; Filipinas, islas; Cuba,
isla; Nueva Zelanda, isla; Tonga, isla;
Tuamotu, islas; Samoa, isla; Nueva
Caledonia, isla; Australia, isla; Verla-
ten, isla; Alcatraz, isla; Inglaterra, isla;
Tasmania, isla; Curazao, isla; Formosa, isla; Mikonos, isla; Isla de Pinos;
Java y Sumatra, islas; Isla del Diablo;
Bahamas, islas; Mozambique, isla; Ja-
maica, isla; Hispaniola, isla; Trinidad,
isla; Tristán de Cunha, isla; islas cubiertas por bosques de ébano; islas cuyos bosques han sido arrasados; islas
donde habitan el faetón rojo, el charrán

blanco, las garzas, el cuscús, el uombat, el ornitorrinco, las cacatúas crestiamarillas y las cacatúas cresta de fuego, el casuario, el emú de suaves plumas, el podargo de plumas acolchadas, el lagarto de gorguera, la salamanquesa y el diablo espinoso, la rana de la santa cruz, el opossum de la miel, el pico de aguja, las avispas que copulan con orquídeas, el teatara, heredero de los dinosaurios, centenario y dotado de un tercer ojo, los pingüinos crestados, el weka, el kiwi, el solenodon, los loros carnívoros, el martín pescador malaquita, el iiwi, el pinzón, el cormorán, el macaco, los leones y los elefantes marinos, el ualabi, el numbat y el koala; despiadada isla que asesina, cada año, dos millones de canguros; piadosa isla donde el takahe verdiazul se resiste al exterminio; devastadas islas; anónimas islas que jamás han conocido la vida; islas donde lagartos trepadores bajan, cada atardecer, a besar la tierra; islas donde germinan plantas que los continentes desconocen; manglares; islas volcánicas; islas de madréporas: gorgonias, arrecifes y atolones: islas de coral; islas, todas, las que fueron y han desaparecido. Algas coralinas, anémonas, flores, estrellas, juncos acuáticos, póli-

pos proliferan. Se multiplican los he-
liotropos arbóreos, los jengibres escarlatas, las malvas amarillas y las mimo-
sas. Nacen, sin cesar, helechos prehis-
tóricos. Sobre los arrecifes se acoplan
las iguanas. Sobrevuelan aves del paraíso, ibis escarlata, garzas, papagayos,
todis, rabiahorcados. El cisne negro, im-
par, reina. El alcatraz, monógamo, se
hace acompañar por su pareja. Una cría
de albatros, solitaria, espera. Los bosques de la isla son azulados. Bienaventuradas islas que los germanos he-
redaron de los celtas, infatigables navegantes del sueño; afortunadas islas
de Yámbulo; hesiódicas islas de los
bienaventurados donde gozan, en cuerpo y alma, la suerte inmortal de Aquiles todos los privilegiados a quienes
se les ha concedido para siempre la
gratificación del deseo, a salvo de las
impurezas de los mortales y del ca-
pricho de los dioses y de donde han
sido desterrados violadores y tiranos:
islas bienaventuradas donde los árboles, en el mes de Minos, dan sus frutos
dos veces: escenario idílico del encuentro: espacio imaginario de la Edad de
Oro y de todas las utopías conciliadas:
Campos Elíseos de Homero situados
en los confines de la tierra, en el mis-

terioso, remoto, inexplorado, seductor, inaccesible Océano.

Y, al ser nombradas, las islas fueron. Ya delirante, ebrio del vinillo tinto de la casa pero más, mucho más, de esa brisa estimulante que acaricia las islas por las tardes, esa brisa que imita sin saberlo al céfiro que deleitaba a los bienaventurados; deliciosamente mareado y como si dispusiera de un tiempo sin límite, navegó con la destreza del más avezado buscador de Islas en el turbulento vaivén de olas que confundía en el cuaderno la cartografía real y la cartografía imaginaria del *Diario de viaje*. Se sintió agotado, sin aliento, jadeante. Escribió: NOMINA INSULARUM INVENTARIUM. Y, haciendo un esfuerzo infinito porque se había quedado vacío y peligrosamente proclive a la melancolía, concluyó: "¡Oh Tierra! ¡Pequeña isla efímera que podría ser barrida en cualquier momento por una tormenta! ¡Diminuta isla azul perdida en el infinito océano de la Noche! Te reconozco: flotan, sobre tu imagen, unas cuantas nubes inmóviles. Gaviotas, un exceso de ellas, te rodean."

De haber nacido en una isla larga y angosta, al Oriente de las costas de China, Monsieur N. habría sido más parco, ahorrándose a sí mismo y a los eventuales lectores de su *Diario* tan barroca y proliferante letanía. Una sola exclamación lo hubiera dicho todo: "*Matushima*, ah!" Pero, para su pesar y el nuestro, Monsieur N. no es poeta, ni le fue dado contemplar desde la cuna los tiernos rayos del Sol Naciente sino las anebladas mañanas de un puerto bretón de donde quizá nunca habría debido salir.

Creo que se me había olvidado decir que todo puede ser

contado con la pretensión de reproducir un hecho real, concreto, cotidiano; puede ser contado como fantasía de quienes lo viven o puede ser contado como sueño de quien lo cuenta. La historia que yo quería contar y que he contado habría podido ser contada, también, de otra manera. Como esa otra posibilidad siempre ha estado latente, no me queda más remedio que cederle la palabra a otra voz, la de Arlequino, que insiste en contar la feria a su manera:

"¡Campáneri, campáneri!", susurra la noche brumosa que mece a la isla sobre el lago como una descomunal mariposa iridiscente. Mazorca de maíz y flores de cempazúchil, calabazas y chayotes se cuecen dulcemente en un perol, en el atrio de la iglesia. "¡Sea alabado y ensalzado el divino Sacramento... morir antes que pecar; antes que pecar morir." Sólo las mujeres y los niños velan la llegada de las ánimas. Una serpiente lunar ciñe la isla, ardiendo en candelas rituales, dentro de un rumor de cohetes, de risas, de flautas, de melopea entonada en voz baja.

Entrarán a la feria. La feria es una gran isla mecánica, que genera su atmósfera y sus alrededores. ¿Cómo saber si la otra, la verdadera, no es un delirio de la feria, un sueño fabulado por su alucinante lógica nocturna? La voz del merolico se confunde y se dispersa entre los tañidos de la campana mayor: "...como puede que sí, puede que no, o sea, que aquí todas las cosas son reales y no lo son y esto ¡oh milagro! sucede al mismo tiempo". A medida que se aproximan, la voz va desvaneciendo en susurro indistinto el rumor de flautas, de cohetes y de campanas: "Vengan a la feria, señoras y señores. Acudan a la Isla Mecánica, donde nada es verdad ni es mentira. ¡Véanlo todo! ¡Lo increíble en una Noche de Muertos en la isla de Janitzio! Una sala pompeyana, escaleras que no dan a ninguna parte, una fuente perfumada, el boudoir de Lola Montes, la casa de muñecas más pequeña del mundo. . ." La voz de Arlequino que simula, arrastrando la r, untuoso acento francés, se vuelve cada vez más intoxicante:

"¡Anímense! ¡Anímense a desentrañar el enigma de los falsos corredores, de los circuitos inútiles! En la Casa de los Sustos, un sueño delicioso los invadirá cuando los murciélagos vengan a posarse en sus hombros. El hombre con cuerpo de león y garras de águila; el hombre que aúlla como perro; el hombre sin cabeza, el que tiene un solo ojo en la nuca y el que lo tiene en la frente; el hombre con cuernos de toro y la mujer con piernas de asno los esperan, junto con cada uno de los animales que fueron hombres antes de ser encantados por la maga. ¡Entren, entren, al Túnel del Amor! Hagan el recorrido instalados cómodamente en Delfina, la mansa serpiente, tan grande como una ballena, que los conducirá a las Cuevas de la Bella Mar, llamada también la Caverna Misteriosa, donde usted señorita, usted caballero, tendrán la oportunidad única de ver, con sus propios ojos, todo lo que hacen y dicen los que están enamorados. Delfina sorteará toda clase de obstáculos: las lianas venenosas, las escalofriantes rocas siempre a punto de juntarse, el bosquecillo de zarzas, las harpías y el mismísimo Dragón. Adquiera los boletos con la Pequeña Dama, una vieja conocida de todos ustedes. ¡No se pierdan las siete grutas a la luz de las antorchas: el blanco cegador, el admirable ámbar rosáceo de estalactitas y estalagmitas! ¡Acérquense a la vida animal más remota: pequeños crustáceos, caracoles, minúsculas formas inimaginables vivirán para ustedes la prefiguración de otra vida que no habrá sido nunca: creaturas ciegas que recorren al tacto los babosos corredores de las grutas, huyendo sin parar, como si olieran el peligro de las pisadas humanas. ¡Visiten las Catacumbas, la Biblioteca de Drácula, los Espejos de las Ninfas, el Refugio de las Sirenas, el Salón de los Pasos Perdidos, la Cueva de Alí Babá, la Torre de Barba Azul, la Sala del Trono! ¡Recorra la mina más vieja del mundo, llamada *El Edén*, abandonada desde hace siglos, desde hace milenios! ¡Pase a contemplar las maravillas del Palacio donde será abatido el monstruo! ¡Pase! ¡No se quede afuera! Vea el engendro con cuerpo de hombre y cabeza de toro. ¡Pase! No se pierda la espada de doble filo, el hacha y las serpientes gemelas. Pruébese las alas de pluma, lo más reciente en paracaídas. ¡Sobrevuele la feria! Usted puede pagarse el privilegio. No pierda esta oportunidad única de asistir a la ceremonia ritual. Sea testigo del duelo eterno entre el hombre y la bestia. ¡Usted no debe perdérselo! Usted que de seguro es aficionado a la fiesta brava. Se trata de un espectáculo sano, para toda la familia, una lección para los niños, que aprenderán divirtiéndose. Palpe con sus propias manos el hilo rojo milagroso, el hilo del amor, y la diadema que despide destellos celestiales. ¡Goce con el encantador de serpientes y viva su más inolvidable experiencia con el hipnotizador sueco! ¡Viva, una vez en la vida, la aventura! ¡Beba nuestro filtro de ambrosía, jamás proporcionado a mortales por un precio semejante! ¡Paralícese de miedo con los cocodrilos sagrados! ¡Siga a este anciano, de nombre Minos, y mírelo representar su papel en las puertas, como si dijéramos, del Otro Mundo! ¡Aprenda a calibrar el peso del alma humana! ¡Oiga con él la historia de usted mismo, sí, la de usted, y las de sus amigos y conocidos! Afuera le podrá comprar a la señorita un bonito objeto con motivos del mar."

Mientras Arlequino recita su discurso sin fin, acciona con un hilo invisible a dos muñecos de cartón, uno verde y otro rojo, que vende al público invitando, con el gesto, a pasar a la Feria: *"Allentando e tirando il filo il giocattollo salterà e ballerà a vostro piacimento"* / *"En détendant et en tirant le fil le jouet sautera et dansera a votre gré"* / *"Durch anziehen und lockern des in der Hand befindlichen Fadens springt und tanzt das Spielzeug wie gewünscht"|* "*The toy will jump and dance for your amusement when you loosen or tighten the string"|* "*Si usted afloja y estira el hilo, el juguete saltará y bailará a su antojo"|*

"Aproxímense al *Mysterium Magnum*. Siete horas o lo que es lo mismo, siete días, siete meses, siete años, siete siglos, siete infinitos no hubieran bastado en otros tiempos. ¡Y ahora todo será suyo en unos cuantos minutos! ¡Unos cuantos minutos para trepar los siete escalones, conocer las siete islas, visitar las siete moradas, recorrer las siete etapas, contemplar las siete murallas, vivir las siete metamorfosis, hacer los siete viajes y prender las siete luces! ¡Unos cuantos segundos para entrar al castillo, a la vez, por siete entradas y atravesar siete puertas de acceso a la única ciudad toda de oro rodeada por muralla de esmeraldas! ¡Y todo gracias a la única, a la más moderna alfombra mágica!"

"Visite el barco que ha sido trasladado por mar y por tierra desde el otro extremo del mundo. ¡Único caso en la historia! Recorra hasta el último rincón de la nave que ha atravesado, sobre cuatro ruedas gigantescas y jalada por veintidós mulas, toda la América del Norte desde el río San Lorenzo! ¡Véala desplegar sus velas sobre las más altas copas de los inmensos árboles de los más frondosos bosques! Navegue la intricada selva sobre una calabaza o, lo que es lo mismo, en una cáscara de nuez. No se prive de nada. Entérese de la famosa aventura del barco encantado y déjese llevar por el mismo curso del agua. ¡Realice por fin su sueño: conozca la libertad en las profundidades del océano turbulento!"

"¡Adelante, señoras y señores, adelante! Aquí las emociones de un huracán en el Océano Índico. Aquí la selva virgen. Aquí el miedo de la Gran Tempestad. ¡Escuche! ¡No se vaya! ¿Sabía usted que en la Única ciudad de París, en la calle de la Delfina, fueron desenterrados los restos de una ballena? ¡Admírelos! ¡Asómbrese! Tiemble con el fantasma que ronda la Plaza de la Delfina y el Puente Nuevo. Déjese extasiar por las cúpulas de Alejandría, regida como el misterioso Egipto entero por Hermes y por Géminis. Instrúyase en la Gran Biblioteca. ¿Quién se hubiera imaginado los canales de Venecia, aquí, al alcance de la mano...? Y además el Gran Zoológico, con todas las especies vivientes, incluyendo los elefantes de más portentosa inteligencia y todos los animales que fueron hombres antes de ser encantados por la Maga. ¡Diviértase en la pista de patinar! ¡Ilústrese en el Museo! ¡Todo lo que no entendía lo entenderá ahora! ¡Decídase! ¡No hemos escatimado nada para brindarle el viaje de su vida! ¡No lo desperdicie! Nada del misterio, nada del peligro, nada del horror, nada del prodigio. ¡Aquí, en una sola feria, todo lo incomprensible! Y un bosquecillo de cipreses, ideal para el reposo, cuando tantas maravillas lo hayan abrumado. . ."

En realidad, la feria era pequeña. Sólo un sabio y mañoso juego de espejos podía crear la ilusión de que se trataba del más grande espectáculo del mundo. Lo único verdaderamente desmesurado era el letrero: LUNA PARK que, visto desde cualquier parte, daba la sensación de estar a punto de entrar, de tal manera que era imposible tener la certidumbre de estar adentro o, al revés, de estar afuera. Tampoco se podía evitar la inquietante sospecha de que afuera, suponiendo que uno se encontrara adentro, todo era una ilusión, un espejismo.

Micaelillo los alerta: la entrada es un ojo grandote que han estado pintando todo el día encima de un anuncio de Coca-Cola. Pero la voz de Arlequino no deja espacios vacíos: "Juegue a los escondites con su novia en el Túnel del Amor. Déjese encerrar, bajo siete llaves, en la Cárcel de Amor. ¡Le ofrecemos todo! Hasta el puente levadizo y la escalera suspendida en el vacío. ¡Llore en el cementerio de los que se han suicidado por amor! ¡Decídase a entrar y cuando salga todo lo verá de otra manera! ¡Ejercite la mirada en la oscuridad! ¡Conozca el vértigo!"

¿No era el túnel del amor un pequeño lago con una islita y, en medio, un precioso arbolito lleno de apetitosas manzanas? Oír al merolico es patinar en el mismo sitio, sin avanzar nunca. La feria podría no ser más que su discurso.

159

O podría serlo todo. La noche ha sido realmente interminable. La voz se va desvaneciendo lentamente en una melodía demasiado dulzona llena de luces multiplicadas por una proliferación de espejos. Hay que imaginarse los espejos dentro de un cajón improvisado al que se le van introduciendo tarjetas postales o grabados: una linterna mágica para uso de merolicos de feria. Ahora es *La grande place du Mexique*: Catedral, Zócalo, Palacio y, en el centro de una gran isla ceñida por una balaustrada, la estatua ecuestre de Carlos IV. El tiempo retrocede y a esa imagen del último tercio del XVIII se van sustituyendo otras: guarnecida por muros de agua, multitud de canoas llevan y traen, por acequias y canales, verduras y frutos, pájaros y mariposas, suaves mantos de plumas, pieles de ocelote y de venado, rodelas de oro: a la altura del valle resplandece la luz. En una fiebre vertiginosa, el tezontle cobrizo de una ciudad reconstruida sobre ruinas de pirámides, palacios y templos se desdibuja sobre otra, perfectamente trazada, un geométrico laberinto, sin misterio, de canales y embarcaderos. A las casas se entra por angostas callejuelas de tierra o por calles de agua sobre las que se derraman huertos y jardines. La rodean bosques de pinos y, más allá, milpas y magueyales. Entre los volcanes, en medio de una tormenta de nieve, un hombre se asoma al valle y apenas distingue la borrosa visión lejana, blanqueada e incierta. A la mañana siguiente, al despertar, vuelve a asomarse. ¿Cómo ha podido asentar en su *Diario* que ni en esta isla ni en ninguna otra del Nuevo Mundo quiere ni piensa estar tanto tiempo...? ¿Cómo, si esa visión que el destino le depara es la visión de la más bella ciudad del universo? El ocre dorado de Toledo se posa un instante sobre el deslumbramiento rojizo de otra ciudad radiante, de traza casi cuadrada, que habitan de seguro, tales son sus dimensiones, cientos de miles de almas. Entre sueños, en la piel de Amadís o de Olivante de Laura, desciende Cortés rodeado de su gente hacia la ciudad que es una isla en medio de un lago. A su lado cabalga una mujer que le ha entregado el hilo para guiar sus pasos en el laberinto. La luz resplandece sobre el valle y sobre los mástiles de trece bergantines que, en batalla desigual, derrotan a mil quinientas canoas de guerra. En el remolino de imágenes barajadas por la linterna mágica se deslizan voces que describen techos de plata y, en el desenfreno del entusiasmo, susurran: *"Mexicus est Luna"* o *"Hic est Paradisus"* o, más modestamente, "Paréceme ver la misma Venecia..." En ese momento, el león de San Marcos se posa sobre una columna muy alta, al borde del canal, y la *Vista de la villa de México a un lado del lago* realiza por fin la fantasía acariciada, por más de dos siglos, de yuxtaponer ambas imágenes. El autor es Daumont y el grabado, fechado en París, de 1765. La voz de Arlequino es chillona: "Hagan juego, señores. . ." y voces e imágenes se revuelven antes de volver a ordenarse. Es tan vasto y hermoso el lago que se confundiría fácilmente con el mar. Flotan, sobre las naves, nubes arremolinadas, racimos de nubes, como suele ocurrir en la proximidad de las islas. Tules, cañas y palmeras la rodean. El vocerío que ronda las *vues d'optique* de la linterna es abigarrado, como debe haberlo sido en la torre de Babel. Ninguno de los dos recuerda en qué momento supo que el otro se le había extraviado.

Un repique de campanas, temblor de cirios, olor a incienso y a eucaliptos, susurro de palabras incomprensibles descienden con ellos, otra vez juntos, a la playa.

El lugar tiene el encanto hipnótico de los jardines abandonados. En el lago se desliza un cisne demasiado grande, una embarcación de dulces plumas que no necesita remos. En el penacho de una palma de Palmira empiezan a ensayar trinos los pajarillos que han dormido toda la noche cobijados entre hojas gigantescas. Palmas datileras y de jengibre, cocoteros, palmas de abanico, palmas del viajero rodean, como envidiosos cortesanos, a la única, desnuda, majestuosa palma real. Una fronda de helechos prolifera en dondequiera que la sombra y la humedad les permite adueñarse, con la imperceptible elegancia de quienes no necesitan hacer ningún alarde, de todos los espacios vacíos. Un tierno encaje verde pálido recibe amorosamente la lluvia dorada que anuncia con discreción el amanecer. Llueve ligeramente en el jardín arenoso, que se despereza de la noche interminable. Como si el lugar siempre les hubiera pertenecido, lo reconocen y ven que forman parte. La isla, el mar y la luz son. Y la brisa aromática. Y las gotas que transportan la brisa. Los dos cuerpos tibios, fatigados, todavía un poco adormecidos, se mimetizan a la arena y se aíslan del día en el ambiguo espacio donde la variable altura de la marea suscita una identidad limítrofe, intercambiable, entre la tierra y el mar. El viaje fue, como la noche, breve e infinitamente largo. Él dice: "Todos se han ido. La isla se ha quedado vacía. Somos, tú y yo, la isla." Un espeso bosque de coníferas los protege, en ese momento, de todas las miradas: "Esto es el amor: esta intimidad absoluta e infinita." El oleaje inofensivo de la orilla les ha lamido la piel como un afectuoso animal doméstico. Los pequeños diamantes de la noche juguetean con el agua, que resplandece, pigmentada por un impalpable polvillo de estrellas. Antes de empezar, el día ya ha sido abolido, y ninguna distancia podrá inmiscuirse entre los dos y la dulce y vertiginosa noche, que los atrapa como esas flores carnívoras que se dicen trampas de Venus.

Un incesante zumbido de insectos ronda las orquídeas alojadas en intersticios de troncos y de ramas: machos atraídos irresistiblemente hacia los labios de flores que simulan, con movimientos copulatorios, al insecto hembra, disimulando esos tubérculos ocultos cuya semejanza con los órganos masculinos descubrieron los griegos dejándole a la flor, en el nombre mismo, el sello de su secreta identidad andrógina. Un olor intenso y dulce se desprende de algunas, un olor a vainilla.

Es él quien habla todo el tiempo musitando en voz muy baja, como si hubiera testigos: "Yo podría ser tu hermano incestuoso." Ella, tentada por una atávica propensión al abandono, se deja abrazar por el ilimitado olvido, y los dos cuerpos, morosamente, vuelven a escribir sobre la arena la grafía del amor. La lejana melodía de un oboe y un corno inglés sugiere la infinita nostalgia de un deseo infinito, que en el deleite extático del amor sólo se aplaza, sin abolirse. Cada cuerpo es el espejo, devuelto por la otra mirada, de una noche universal. La comba de la noche los recibe y los adormece, como una dulce serpiente que se mordiera la cola. En los pequeños arrecifes de la orilla hay océanos, bahías y mares interiores, islas solitarias y archipiélagos. El mar nocturno no está vacío sino sembrado de islas. Un junco elástico, de grandes hojas carnosas, florece entre los cuerpos en campanillas moradas, esquivando caracoles rotos limados por el agua y por el viento. La isla, propicia, es la que ha recibido amorosamente a los náufragos desde tiempos inmemoriales. Una noche tormentosa ha jugado con su ignorancia de que la playa estaba allí tan cerca, disimulada por el agitado remolino del mar.

El abrazo de los cuerpos consagra un rito arcaico, sabio y terrible. Es un gesto que ritualiza el olvido, que introduce a los oficiantes en otro tiempo, sagrado, donde todo queda abolido salvo la cosmogonía del más remoto principio. En el clímax del olvido se han puesto a mirarlo todo con la curiosidad de dos niños, como si fuera la primera vez. Ella le muestra una flor lila muy abierta, que exhibe los estigmas de la pasión. Él, obediente, le pone nombre: "pasiflora laurifolia". Tocan la arena, las conchas gigantes y las diminutas, los cangrejos, las hierbas y la pelusa que peina la brisa como si fuera la cabellera de la tierra. Tocan las piedras alisadas por la inveterada caricia del mar. Tocan la espuma que revolotea en la orilla y el sol que la penetra y acostados uno junto al otro mirándolo todo sin ninguna prisa, a salvo, tocan suavemente, desde el horizonte hasta el cenit, la curva tranquilizadora del cielo. Una manzana del tamaño del mundo, una isla redonda, opulenta y generosa, los contiene. "Estamos aislados de todo y somos todo" dicen, pero no dicen nada, porque se han mirado con efusión y tristeza como sucede cuando la felicidad podría, de durar demasiado, volverse intolerable. El tiempo de la mirada es el paraíso: efímera eternidad de un instante.

La isla había sido dibujada en una servilleta

blanca. Ellos, en la mesa de un café, bebían cocteles helados. El hombre que leía y tomaba notas, en la mesa de enfrente, no les quitaba los ojos de encima. Por un segundo han estado viéndose, desde la otra mesa, bebiendo cocteles helados. Pero no hay nadie en la mesa donde un hombre de sweater marrón y una muchacha de botas rojas han bebido cocteles helados. Y en la mesa de la esquina no hay más que una servilleta blanca que vuela con el aire del ventilador y que el camarero recoge del suelo, curioso por ver qué tiene dibujado, al mismo tiempo que levanta una fotografía. ¿Cómo fue a suceder lo mismo, otra vez, con la vieja foto maltratada? En el revés hay dos palabras, ya casi invisibles, en las que no se había fijado nunca. Dice: TAORMINA, SICILIA, y una fecha que adivina más que lee: la de un día desvanecido del mes de abril, siete años antes.

POST-SCRIPTUM: Una tarde, sin saber que todo ha terminado, que la historia ha concluido, que la obra en la que actuaba ya no está en cartelera, Monsieur N. llega como siempre a *el palacio de minos* y se encuentra

1) un anuncio que advierte: CERRADO POR REFORMAS-PRÓXIMA REAPERTURA.

2) el local sellado y clausurado (los sellos aluden al expendio y consumo de lotos sagrados de Kenya)

3) un terreno baldío, sin huellas de demolición, derrumbe o incendio

Si 1) o 2) corre, en un arranque de decisión, a comprar un boleto para visitar la Isla de Coral, islote artificial, con feria y parque de diversiones, que han instalado en medio del lago
Si 3) después de una breve turbación entra, como todos los días, saluda al camarero, ordena vino y queso parmesano, lanza la ojeada de rigor a la pareja de enfrente, abre el cuaderno negro que ostenta en enormes letras su función de BORRADOR y escribe: "La tierra dista mucho de estar terminada. Están en marcha continuos procesos de carácter volcánico que darán lugar a la aparición de nuevas islas." En seguida consigna el origen del texto, extraído

167

de un libro de geografía dedicado al fascinante mundo de las islas y los océanos, publicado por un consorcio que selecciona con tino las lecturas más propicias a despertar el interés del gran público.

Y a continuación, en la última página:

EL MIEDO DE PERDER A EURÍDICE

Enormemente fatigado por el esfuerzo, extenuado, se queda mirando distraído y a la vez absorto la hermosura infinita de una isla sinuosa que ha trazado, sin proponérselo, en una servilleta. Cualquiera diría que se está adormeciendo o entrando en estado hipnótico. Cualquiera diría que se ha puesto a soñar la historia de alguien que, soñando su propio deseo como si soñara una Isla, sueña que quiere contar una historia de amor.

Persiste un intenso fervor de rosas rojas.